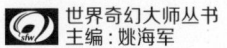
世界奇幻大师丛书
主编：姚海军

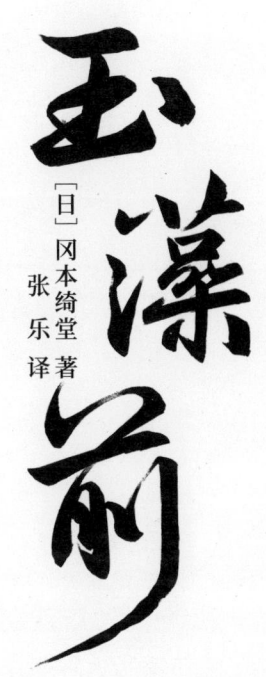

玉藻前

［日］冈本绮堂 著

张 乐 译

四川科学技术出版社

**图书在版编目（CIP）数据**

玉藻前/[日]冈本绮堂 著；张 乐 翻译.

--成都：四川科学技术出版社，2022.10

（世界奇幻大师丛书/姚海军 主编）

ISBN 978-7-5727-0723-0

Ⅰ.①玉… Ⅱ.①冈… ②张… Ⅲ.①长篇小说–日本–现代 Ⅳ.①I313.45

中国版本图书馆CIP数据核字(2022)第187427号

世界奇幻大师丛书

# 玉藻前

SHIJIE QIHUAN DASHI CONGSHU
YUZAO QIAN

丛书主编 姚海军
著　者 [日]冈本绮堂
译　者 张 乐

出 品 人 程佳月
责任编辑 兰 银 姚海军
特邀编辑 贾雨桐
封面绘画 万津岐
封面设计 姚 佳
版面设计 姚 佳
责任出版 欧晓春
出　版 四川科学技术出版社
　　　　成都市锦江区三色路238号 邮政编码 610023
　　　　官方微博：http://e.weibo.com/sckjcbs
　　　　官方微信公众号：sckjcbs
　　　　传真：028-86361756
成品尺寸 160mm×228mm 印　张 15.25
字　数 150千 插　页 2
印　刷 四川南方印务有限公司
版　次 2022年10月成都第一版
印　次 2022年10月成都第一次印刷
定　价 50.00元

ISBN 978-7-5727-0723-0

邮 购：成都市锦江区三色路238号新华之星A座25层 邮政编码：610023
电 话：028-86361770

たまものまえ

# 目录

清水参拝

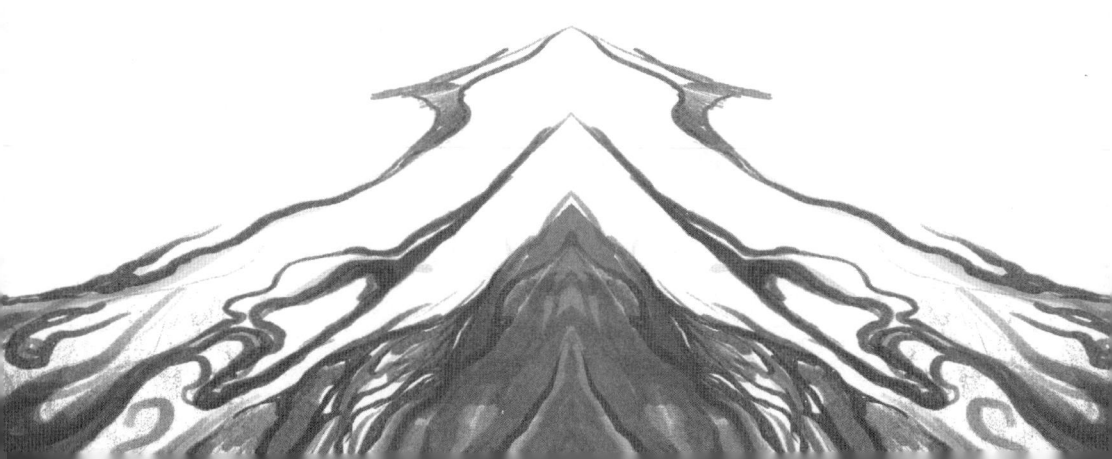

# 一

"嚵,今夜之月宛如银鉴新淬,可真美啊!"

男子朗眉轻舒,仰望空中悬月,似要将自己所有的感叹尽抒于这句古已有之、略显陈腐的形容之中。时值九月中半,月色皎明,明天就是十三夜①了。屈指算来,男子比今夜之龄②还要再长三岁,尚未弱冠,仍是少年模样。自然,他还没有戴上乌帽子③,只是将黑发绾起,垂于脑后。他身穿浅黄色的素麻布筒袖④,上染大大小小的旋涡纹,下身穿素陶色的短切袴⑤。这身衣服的颜色在夜色中虽看不太分明,但仍能看出筒袖和切袴都因一洗再洗而褪了色,切袴的下摆更是皱巴巴地翻

---

① 阴历九月十三,和八月十五(十五夜)、十月十日(十日夜)并称为日本三大赏月日。

② 即十二。

③ 古时日本成年男子所戴的一种黑色礼帽,形如袋,由奈良时代的圭冠演变而来,本为公卿贵族男子所戴,平安时代后普及至民间。

④ 和服的一种,无袂,袖口呈圆筒状便于行动,多为从事劳动的人或青少年所穿。

⑤ 日本男子所穿的裤裙,和一直拖到地面的长袴相比,长度只到脚踝,所以又叫半袴,多为平民装束。

3

卷着。

少年虽衣着寒酸,容貌却显得英姿飒爽,毫不逊于今晚月色。这俊朗英气的少年郎,若换上明黄色的小袖①和淡红梅色的小水干②,再在腰上插一支寒竹削成的横笛,取一个"某若丸"这般楚楚可怜的名字遁入空门,定会令恶僧之流欣喜若狂、倾慕憧憬。可今夜他的腰间空无一物,别说横笛,就连小刀也未见一柄,只是光脚穿着又脏又薄的稻草鞋。

"真的好美啊!"

应和他的是看起来和他同龄、甚至更年少一些的少女。为了加紧推进情节,此处无暇细述她的容貌。唯一能在此透露的是,少女的明丽灿烂和高贵典雅更甚同行少年,她身穿单薄的浅葱绿色小振袖③,上染酷似陆奥国④信夫搓染⑤的白色花纹,同样也光脚穿着草鞋。

少年和少女站在清水坡上,仰望着今夜的朗月。平安京夜露蒙蒙,打湿了他们单薄的衣衫,两人为了抵御寒意,紧靠着彼此小小的肩膀前行。

距今七百六十年前的平安京虽贵为王都,却比今人想象中更为寂

---

① 和服的一种,袖口窄,垂领。平安时期贵族用作内衣,平民用作日常装束。

② 狩衣之一。盘领,前胸和袖上缀菊纹。本是低级官吏、地方武士和平民的便衣,后成为武家礼服,贵族和元服(成年)前的少年也穿。

③ 日本未婚女性所穿的和服。

④ 日本古代令制国之一,范围大致相当于现福岛、宫城、岩手、青森四县。

⑤ 搓染的一种,多见信夫地区。搓染指用染料搓揉布料,使之出现杂乱扭曲图案的技艺,也泛指这类图案本身。

寥。时值戊辰久安四年①，皇宫遭遇大火，谈山②的镰足公③木像龟裂自毁；夏时可怖疫病横行；随着冬日脚步渐近，盗贼也日渐猖獗。曾经繁荣昌盛的平安时代④如今落得凋敝不堪，乱世将至的恐慌在人们心中悄然萌芽。而此前所述的种种灾厄又似某种恶兆，令京中民众惶惶不安。

诸多天灾人祸中，当属盗贼之乱的影响最为显著；如今只要一入夜，就连京城大道上也没了人迹。更别提偏居一隅的清水堂一带：不说白天，且说这秋阳萧瑟、匆忙入暮之时，京中大街小巷尚灯影稀疏、昏黄点点，此处四下却已襄衣匿迹、草履销声。就算是最虔诚的信徒，也断不会为了夜间参拜而远行至此。

在这寂夜的坡路上，只有这孤零零的两人依偎前行。月挂梢头，两个小小的身影在阴暗的树荫间时隐时现。两侧高高的草丛总在不经意间沙沙作响，仿佛有人隐匿其中，不知何处传来了狐鸣声声。

"喂，阿藻啊。"

"哎，千枝松。"

少年男女唤着对方的名字。阿藻是少女的名字，千枝松则是那个

---

① 即1148年，近卫天皇在位期间。

② 位于现奈良县樱井市南部，因藤原镰足和中大兄皇子在此就大化改新谈判而得名。

③ 藤原镰足（614—669），飞鸟时代政治家，藤原氏始祖，曾筹划大化改新、推翻苏我氏、推孝德天皇即位。

④ 日本史的时代划分之一，时间跨度说法不一，主流说法认为是从桓武天皇定都平安京（现京都）的794年到镰仓幕府建立的1185年，约390年。其间平安京为日本唯一政治中心，故称平安时代。

少年。他们并非有事要说,实在是难忍此时的寂然,毫无缘由地彼此呼唤罢了。随后,两人便又沉默了。

"观音大士会显灵吗?"阿藻没有信心地叹了一声。

"别瞎想,当然会显灵的,"千枝松立刻回答,"我叔母可是从早到晚都把'切勿怀疑神佛'挂在嘴边。若不是对观音大士深信不疑,我何必夜夜陪你前往?"

"可是父亲今春来此清水堂参拜时,在三年坂①上因苔藓湿滑摔倒了,从那之后便卧床不起。不是说在三年坂上摔倒便活不过三年吗?"阿藻声有哽咽。

这时他们已走出了碍事的枝叶繁茂处,皎洁的月光重又笼罩在两人身上。在阿藻如玉的面颊上,泪水垂落似线,莹莹有光。可是千枝松又一次断然否定。

"什么'三年坂',那分明叫'产宁坂'②。只不过摔一下绊一跤的,哈哈,能有什么事?"

见千枝松不假思索地反驳,阿藻便也不再作声。两人在夜间的原野小道上朝着山科方向急行。少年虽嘴上逞强,其实心里也隐隐对三年坂之说感到不安。

"令尊这一病好久啊。至今有多少时日了?"他边走边问。

"已有半年了。怎么都不见好转,真不知该怎么办。"

"医师怎么说?"

---

① 清水寺的一条坡道,日本民间传说若在此坡上摔倒,三年内必死。
② 日语中"三年"与"产宁"谐音。

"贫者可悲,连医师近来都敷衍了事,"阿藻以袖拭泪,"不仅如此,父亲长期患病,家中之物早已典当殆尽。眼见秋末将至,待到冬雨一落,我们父女若不冻死,也要饿死。一想到这些,我便满心悲忧。昨天隔壁陶匠家的阿婆找到我,好意劝我不如干脆到江口做游女①讨条活路,说是我那愁眉不展的父亲一个人度日也能容易些……"

"陶匠家的老婆子竟然教你这么不正经的东西?"千枝松又惊又怒,连声音都颤抖起来,"那你呢,你又是怎么说的?"

"我没说话,就默默地听着。"

"她要是再对你说这种浑话,你就马上来告诉我。看我不拿石头扔进这老婆子店里去,新做出来的陶壶,管它三个四个,我都非砸个稀巴烂不可!"

见他暴跳如雷,阿藻也有些不安。她安抚少年道:"那个阿婆是热心肠,她见不得我们这般受苦才这么说的。"

"这算哪门子的热心肠?"千枝松冷笑道,"那个老虔婆!乘人之危、诡计多端,别人真是没冤枉她!我看这老婆子比瘟神还要可怕。那种人说的话,不管带着善意还是恶意,你一个字都不要理。"

千枝松语气老成,就像兄长教育妹妹一样,而阿藻只是乖巧地听着。即使如此,千枝松心中仍旧郁结难抒,一直到回家为止都对陶匠家的老虔婆咒骂不休,把自己所知有限的所有轻蔑、诅咒之词都用了个遍,恨得咬牙切齿。

---

① 即妓女。

秋天入夜后,即使刚过戌时①,山科乡也已在明亮的月色下酣然入梦。家家户户都漆黑一片,不见漏出一丝灯光。阿藻在一棵巨大的柿子树下站定。

"我明晚还来接你。"千枝松温柔地说。

"你一定要来啊。"

"嗯,我保证。"

没走几步,千枝松又折回来。

"千万记住我路上说的。以后无论老虔婆说什么,你都不要理睬。知道吗?知道吗?"

他反复叮嘱,声音轻而有力。阿藻默默地点了点头,之后便消失在了柿子树下狭窄的院门之中。见她已回到家中,千枝松蹑足来到隔壁的陶匠家门前。老夫妇上了年纪,看样子早睡下了,屋里听不见一丝声响。他憋着声音,怪声怪气地喊道:"吾乃爱宕山之天狗。打开门来!"

千枝松用仿佛能将大门砸破的力道狠狠在门上捶打了两三下,便一溜烟儿地逃走了。

---

① 指19点至21点。

# 二

"哎呀,臭乌鸦又来了!"

次日清晨,天空万里无云,蔚蓝如大海一般。在碧空之下,柿子树的树梢高高伸展。阿藻跑出竹廊驱赶窥伺着树上红果子的鸦群。

"哈哈,乌鸦又来了吗? 真是群讨厌鬼。不过它们是追不尽也赶不完的,你还是别管它们了。"父亲行纲掸了掸已经皱巴巴的纸衾①,在芦苇苇絮做成的薄垫子上半坐起来。

"等我见了千枝松,让他做个捕鸟笼给我。"

"那也挺好。"阳光洒满狭窄的庭院,父亲抬头望着耀眼的朝阳,微笑着说,"明明夜里还冷得渴念着火盆,到了日间却又如此温暖。你为尽孝心,夜夜都去清水堂参拜,我知道就算阻止也阻止不了,只得放任你去。可此后的夜晚会愈发寒冷,露水也会更重,你要当心别染了风寒。从夏到秋和由秋入冬的季节交替之时不利于养病。等彻底入冬

---

① 旧时穷人所盖的一种外衬是纸,里面塞入稻草的被子,非常简陋。

之后，说不定我反倒能好起来了，所以你也无须太过担心。等我手脚方便些了，可以去卷太刀柄，也可以制作雀弓①的箭，供我们父女俩糊口是没问题的。哈哈，你现在就再多忍耐些吧。"

"是。"

一只大乌鸦落在柿子树梢上，眼里闪着狡猾的光，张着大嘴聒噪着从这个枝头飞向那个枝头，阿藻却没心思再挥手驱赶。她跪在父亲面前，双手扶地，温顺地俯下身子。眼瞅着就要坍塌的竹廊下，蟋蟀即使在白天也仍旧高歌不止。

父亲行纲眼下虽境况凄凉，可七年前还被称为坂部庄司②藏人③行纲，是守护上皇御所的北面武士④。某日傍晚，清凉殿⑤的台阶下突然出现一只狐狸，关白⑥大人见了，命人将其射死。行纲正巧在场，当下拉弓搭箭追了上去。他射偏了第一箭，慌乱中打算射出第二箭时，弓弦竟然无故崩断。狐狸自是趁机逃走。行纲非但没射中近在咫尺的猎物，还在关键时刻弄断了弓弦，这失误被归结为他平素疏于奉公、不能慎终如始，他也因此被贬为庶人。其实他并非渎职忘责之人，身为武士也从不敢懈怠，落得如斯境地实属时运不济。那之后行纲带着妻女来到京外这个名为山科的乡野之地避人而居，过起了贫困潦倒的浪

---

① 日本古时供女子、孩童嬉戏时射麻雀用的小弓。

② 职务名，在领地内受领主之命负责治安维护、收取年供等。

③ 官名，属于令外官（特设官职），供职于藏人所，负责与太政官的联络和宫中庶务等秘书性质工作。

④ 在上皇和法皇御所中负责守卫的武士，因在御所北侧的房间中待命而得名。

⑤ 平安京皇城的主要殿舍之一，是天皇的日常居所，也用于各种例行公事。

⑥ 辅佐成年天皇政务的重臣，与之相对，若天皇尚年少，则称为"摄政"。

人生活。

　　妻子本该是他不幸遭遇中的慰藉，没想到仅半年后就抛下丈夫和女儿撒手人寰。行纲正值壮年却没有再娶，这个笨拙的鳏夫以一己之力将年幼的女儿阿藻抚养长大，百般疼爱呵护。阿藻不仅天生丽质，心地也很纯真善良。行纲作为父亲，深知自己再无出头之日，只能把将来寄托在女儿身上，他时时在心中描绘着安享晚年之梦，一心一意盼女长成。今年，阿藻芳龄十四了。

　　这一年春天，行纲携女去清水参拜观音时在所谓的三年坂上绊了一跤。不知是否因此缘故，自三月末开始他便一病不起。夏去秋来，他依然缠绵病榻，与药为伍，只苦了孝女阿藻日夜照料操劳。为从贫病交加中救出受苦的父亲，她向平素就信奉的观音大士发愿，行夜间参拜二十一日。八月末以来，她每晚踏露而行前往清水。秋夜萧瑟，盗贼出没，都城亦显荒凉，父亲不放心她一个少女孤身夜行，起初极力阻拦，奈何阿藻决心已定，执意要去。她怀着一颗盼望父亲病体早愈的虔诚之心，虽夜路迢迢且令人悚然，仍一直坚持了下来。

　　好在七日之后，阿藻有了可靠的同行人，那就是千枝松。他是乌帽子手艺人家的孩子，无奈自幼命薄，父母早亡，被同样做乌帽子为生的叔父叔母收养，今年已经十五岁了。叔父大六并无店铺，而是每日在京中伏见到大津一带走街串巷招揽生意，登门入户帮人做乌帽子。因叔父不常在家，千枝松每日与叔母留守家中，颇觉寂寞。他和相差一岁的阿藻虽不同村，但同在山科乡，因而变得亲近起来，两人总是亲密无间地一起玩耍,不太理睬其他孩子。

"阿藻和千枝松是一对儿!"

其他孩子因眼红而故意嘲弄他们,千枝松每次都气得脸红脖子粗。

"哎呀,就由他们说去吧,不用理睬。等我父亲病好了,我也想跟着你叔母学做乌帽子。"阿藻曾这么说过。

"好呀,其实不用叔母,我就能教你。侧皱①也好,风折②也好,我都精通。明年我就要和叔父一起出门行商了!"千枝松骄傲地说。

千枝松将来会成为乌帽子手艺人,阿藻也说想学做乌帽子。即使千枝松对这其中的深意尚觉懵懂,但他那年轻的心中还是荡起了微澜。此后他与阿藻愈发亲近。阿藻的父亲长卧病榻,他便像对待自己的父亲一般,每日前去问候。因此当他得知阿藻已独自去清水进行了七日夜间参拜后,一反常态地又怨又恼。

"为什么瞒着我?你一个小姑娘在夜路上有个闪失可怎么办?从今夜起我和你一起去!"

他征得了叔母的同意,此后每夜都陪阿藻前往。虽然摆出一副强势的样子,可千枝松也不过是十五岁的少年而已。且不说盗贼鬼怪,就是遇见了野犬,他能否护卫周全也未可知,别人也许会对他颇感不安,但在阿藻看来他比任何人都要可靠,有他同行便无比心安。她每晚都满心期待地等着千枝松前来接她。千枝松也一定会在约好的时

---

① 在乌帽子的侧面做出高低不平的褶皱。
② 将立乌帽子的顶端做成像被风吹折一般的样子。

刻到来,两人一起念诵着烂熟于心的《普门品》①前往清水。

　　他那么爱护阿藻,那个陶匠家老婆子却偏撺掇着阿藻去江口做游女,管她是出自善意还是恶意,在千枝松眼里就是可恨的仇人,他当然要破口大骂。光是捶门恐吓实在难消他心头之恨。那夜他逃回自己家后,依然烦躁不安,彻夜难眠。他虽知事不至此,却怎么也无法安心。于是翌日一早,他目送叔父离家行商之后,便立刻赶往邻村的阿藻家。

　　到了后,他先往阿藻家隔壁的陶匠作坊里窥探。一向与人为善的陶匠老翁头戴一顶萎乌帽子②,微微弓着背,坐在小窑前一块小小的竹席上,正专心致志地做着陶壶模样的东西。遮阳用的竹帘垂下一半,外侧有一株自生的野菊歪歪扭扭地挺着细长的茎干,一只白色的秋蝶似有疲态,有气无力地绕其飞舞。那个老婆子在作坊里面的暗处编着麻绳。

　　"爷爷,今天天气不错呀。"

　　千枝松特意出声问候。老翁停下手中的活计回过头来,他皱起长长的白眉毛,笑眯眯地说:

　　"哦,是邻村的千枝松啊。今儿个确实秋高气爽。秋末将至,按说雨也该多起来了,可今年天公作美,净是大晴天。希望我家的买卖可别因此受影响了。"

---

　　①即《观世音菩萨普门品》,是《妙法莲华经》中的第二十五品。叙述观世音救七难、解三毒、应二求、普现三十三种应化身,千处祈求千处应,苦海常作渡人身的事迹。

　　②和大部分用漆加固的乌帽子不同,这种乌帽子不用漆,很柔软。

"就是说嘛。"千枝松盯着老翁手上的陶壶。老婆子虽可恨,但他总不能找老翁的碴儿。尽管如此,他还是故意压低声音吓唬道:"听说这里前不久闹天狗了,是真的吗?"

"哪儿的话,"老翁依然笑嘻嘻的,"这儿住的都是好人,一个恶棍也没有。天狗大人又怎么会来作祟呢?哈哈哈哈哈,什么天狗,八成是有人装神弄鬼。昨晚跑来捶我家门的也不是天狗,肯定是哪个家伙在故弄玄虚。"

"真是坏家伙,"坐在里面的老婆子接茬儿道,"要是他下次还敢来作怪,我就立马追出去抓住他,用镰刀割他的小腿肚。"

"你哪能抓得到天狗啊。"千枝松嘲笑道。

"哎呀,都说了不是天狗,是人……对了,你要是知道那个捣蛋鬼是谁可要告诉我。"老婆子翻着眼白,像是在瞪他。

千枝松心中有些硌硬,难不成老婆子已经察觉出恶作剧的人是自己了吗?但他没有示弱,笑着反唇相讥:"是天狗也好,是人也罢,肯定是你们做了什么坏事才遭此报应。"

"那你说我们做了什么坏事?"老婆子一听就挺直了身子。

没错,你就是做了坏事,你不是怂恿邻家女儿去卖身吗——千枝松虽想寸步不让地顶回去,但话到嘴边又犹豫了。

"没干坏事当然好。要是真干了坏事,天狗今晚还会来捉你哦。"

他丢下这句话,飞快地从店门口跑开。这时,有一只红蜻蜓冷不丁地从他鼻尖掠过。他恨恨地板着脸站在阿藻家门前,柿子树的树梢率先闯入眼帘。"去去!"他捡起脚下的土疙瘩向枝头的乌鸦丢去。听见声音的阿藻从檐廊边走了出来。

"是千枝松吗?"

两人含情脉脉地走近彼此。刚刚那只白蝶似乎落在了在千枝松衣服的下摆上随他而来,此时在两人间翩然飞舞。

三

　　探过行纲的病后，千枝松和阿藻手拉手来到附近的小河边。今夜是十三夜，要割一些供奉月亮所需的芒草。

　　河面狭窄，宽不足三间①，河水清冷，流而无声，水波不兴。倒映在水面的碧空与河水同色，时有白云之影摇曳而过。低矮的河堤在去年涨水时被冲毁，至今尚未修复，水陆从此相连、无遮无挡。不过入秋之后，芒草和芦苇高高长起，挡在中间，将水和人隔开。拾蟹的孩童和捞小鲫鱼的人为了到水边去而推倒芒草和芦苇，到处都留下了被踩得结结实实的小路，两人便也觅着这样的路走到水边。他们知道河边有一棵连根倒下的大柳树。

　　"河水可真美真清啊。"

　　两人坐在柳树的树干上，入神地看着在脚底不远处流淌的秋水。有块大石头半浸在水中，表面在秋日旭阳下闪闪发光，被浸湿的蓼花

---

　　① 日本旧时长度单位，1间约1.818米。

16

红瓣浮于碧水,在石头与水的相接处随波而动。河对岸是广袤的稻田,田野与河岸之间的宽阔大道上,大津牛拖着柴车缓缓而行,伯劳的啁啾啼鸣时而可闻。

"只可惜我不会咏诵和歌!"

听到千枝松突来的感慨,阿藻美目圆睁。

"你为何要咏歌?"

"眼前有如此美景,我却一句短歌也咏不出来。阿藻,不如你咏一首来听。"

"父亲虽然教过我,可我拙笨,总也咏不好。哎呀,不会咏歌有什么要紧。那些生活无忧的公卿贵妇们才以赋诗咏歌为乐。"

"那倒也是。"千枝松笑了,"其实是这么回事,我昨晚回家听叔父说起京中的事。前几日关白大人举办歌会,出了一道名为'独寝之别'的难题。既然独寝又何来分别?此题之难前所未有,令朝臣们冥思苦想,可无论他们怎么琢磨,还是没人能作出切题的和歌来。于是关白大人下令向整个平安京征集短歌,不论出身,不管是商人、手艺人还是平头百姓都能参加。听御歌所[①]的大纳言[②]大人说,凡是作出好歌献上者皆有重赏。所以我叔父一边笑一边后悔呢,他说自己长年就知道埋头做乌帽子,连一句歪诗也憋不出来,懊悔极了。毕竟要是谁真能作

① 日本历史上负责收集、整理宫中皇族所作的和歌,以及举办歌会等事务的机构,1888年成为宫内省常设机构,1946年废止。本文故事发生的时间段内存在的机构应为御歌所的前身,即设置于951年的和歌所,疑为作者笔误。

② 日本太政官制度下的官职之一,为三公提供政务上的协助,有时也兼上卿,负责大节礼仪等事务。

出首好歌来,这辈子可就安乐无忧了。"

"咦,我还是头一回听说这种事。"阿藻也颦眉道,"独寝之别,这个题目确实很奇怪。就算是文人才子也咏不出这世上没有之物啊,就像是'晦日①见月'一样。"

"亦如水底焚火。"

"亦如缘木求鱼。"

两人你看我看你,孩子气地同声大笑起来。此时不知何处的寺庙钟声响起,在秋空中久久回荡,像是要止住这停不下来的笑声似的。

"哎呀,已经到午时了。"

阿藻率先惊起,千枝松也跟着站起身。两人匆忙折了些芒草,一人一束抱在怀里往回走。千枝松在阿藻家门口告别时又问:"今早隔壁那老婆子来没来?"

阿藻说谁也没来过。但千枝松仍是不放心,回去时又去陶匠作坊前张望,看到老翁连地儿也没挪,还在弯腰曲背地专心做着陶壶。那老婆子却不见了踪影。


秋日无风,时光静静流逝,傍晚薄雾骤起,才刚笼住山科诸村便又渐渐散了。今夜的明月亦如昨夜千枝松所赞叹的那般皎洁光明,如清冷的白影高悬夜空。阿藻家门前的柿子树上,叶子泛着白光,像是落满了白霜。

---

① 农历每月的最后天,即大月三十日,小月二十九日。晦日月随日落,晚上看不见月亮。

"阿藻,今晚来迟了一些,原谅我吧。"

千枝松气喘吁吁地跑来,在墙外呼唤。可墙内无人应声。他着急地又喊了两三声,才终于听到行纲回应。据他说,阿藻小半晌前就出门了。

"呀,来迟了一步!"

千枝松赶紧追了出去。那时,山科到清水的一路上多为田地,在明亮的月光下,一眼能看出五町①八町远,可别说阿藻了,四下里连一只徘徊的野犬也看不见。千枝松脚下加紧,越跑越快。跑啊跑啊,他一口气奔至清水,却没在佛堂前看到少女诚心叩拜的身影。千枝松怕自己看走了眼便跷脚张望,只见昏暗的佛堂深处黄烛微摇,守堂的老僧昏昏欲睡。千枝松叫起老僧,向他打听刚才是否有十四五岁的少女前来参拜。

老僧耳背,被连问了好几遍才笑着答道:"天黑之后便不曾有人来过,毕竟近来世间不甚太平。"

千枝松没等他说完就转身奔了出去。难以言说的不安在他的心中翻涌,他疯了般跑下清水坡。往来就一条路,断无途中错过的可能。一想到此,不安感便越来越强烈。他不堪此负,边跑边大声呼唤少女的名字。

"阿藻! 阿藻!"

路边的树梢上有两三只睡鸟被他的脚步声惊起,振翅飞去,四下却不闻一丝人声。他发狂地跑着,终于在跑到一条长长的田埂中间时筋

---

① 日本旧时距离单位,1町约109米。

疲力尽,于是他一屁股坐在路边的地藏菩萨像前大口喘息。他不经意地仰起脸,看见澄澈辽阔的夜空中月轮皎皎,极目所至处,无论是绵延的田野、幽暗的森林,还是两者之间零星住家的低矮屋顶,都笼罩在一层银霜般的氤氲雾霭中,亮晶晶的。夜寒如水,侵入千枝松汗湿的后颈。

远远地传来狐狸的叫声。

"难不成阿藻被狐狸迷住了?"千枝松想。要不然就是被强盗贼人掳去了。像阿藻这般美丽的少女在暗夜独行,简直就像是自投罗网。千枝松不禁感到一阵悚然。

到底是狐狸还是盗贼? 千枝松正胡思乱想,脑海中又猛然闪过一念——莫非那个老虔婆到底还是把阿藻诓去江口了? 他急得跳起身来,又甩开大步埋头狂奔。等看到阿藻家门前那棵大柿子树时,他已经累得几乎迈不动步了。

"阿藻! 回来了吗?"

他在墙外喊,这一回当即就听到了行纲的回应。他也正担心着迟迟未归的女儿,于是问千枝松:"你们没在路上碰见吗?"千枝松急切地回了一声"没有",便立刻跑到隔壁的陶匠家使劲砸门。

"怎么,又是假扮天狗的人来了?"

屋里传来陶匠老翁的笑声。千枝松急得大喊:"不是天狗,是我千枝松!"

"这么晚了,你跑来做甚?"这回传来了老婆子的责问。

“有事要见阿婆，请快开门。”

“都这么晚了，不要纠缠，有事明天再来！”

千枝松愈发焦躁起来，他没有回答，继续用力猛砸大门。

“哎呀，你小子真叫人不得安宁！”

老婆子抱怨着爬起身，来到门前。她那没睡醒的脸刚一露在月光下，千枝松就像飞蝗一样迫不及待地扑上前，一把揪住了老婆子的前襟。

“说！你把隔壁的阿藻弄到哪里去了！”

“说什么哪，你这傻子！要找阿藻去隔壁啊，怎么错跑来我家了！”

“不对，你一定知道。喂，臭老婆子，快老实交代，你是不是把阿藻骗到江口卖做游女了？”

“哎？你这荒唐话从何说起！看来昨晚恶作剧的人也是你吧！老头子快来，快赶这小子走！”老婆子拼命挣扎，大吼大叫。

老翁也从被窝里爬起来，拉开面红耳赤、暴跳如雷的两人。他向千枝松细问缘由，若有所思地皱着长眉。

“这还真是奇怪。按理说阿藻这么孝顺，不会丢下她父亲消失的。我看极有可能是盗贼或狐狸所为。虽说我不清楚盗贼在哪一带晃悠，但狐狸筑巢的位置多少还是知道的。千枝松，我带你过去。”

“甭管他，”老婆子一如既往地翻着白眼说，“虽说我们还把他们当作孩子，可阿藻都已经十四岁了。再说又不知道是什么样的狐狸给拐跑的，我看再怎么找也是白费力气。”

千枝松一听,怒火腾地又冲上脑门。但他转念一想,和她在此争吵有损而无益。于是他强拉着老翁走出门去。

"爷爷,狐狸的巢穴在哪儿?"

"好了,你不要急。这附近多的是野狐狸筑巢的地方。我们先去近处的森林里找找。"

老翁回到屋内,取了一把小镰刀和一把柴刀出来。"没个吓唬野兽的称手家伙可不行。"他说着,把柴刀递给千枝松,自己将镰刀别在腰上。接着向隔着田地的一片小森林一指,"你也听说过吧,那片森林常常出现飞舞的狐火。"

"确实听过。"

两人向着森林急奔而去。他们踏着林中的落叶和枯草,到处寻了个遍,却不见阿藻的身影。于是他们穿过森林,转而赶往下一个小山头。千枝松用已经嘶哑的喉咙一路喊着阿藻的名字,声音在远处的森林中回响,却换不回一声回应。就这么寻找了半个时辰,两人都感到筋疲力尽,这才想起确认自己走到了何处。二人已不知不觉来到了山科乡深处一个叫小野的地方。相传此处是小野小町①的故居,有一眼名为小町的清泉。两人掬起清冽的泉水,牛饮般喝个不停。

"千枝松啊,夜都这么深了,我看还是回去吧。今晚肯定是找不到了。"老翁瑟瑟地缩着肩膀。

"不,再找找吧。爷爷,这里没有狐狸的巢穴吗?"

---

① 日本平安时代前期女歌人,善歌咏炽热的情爱。据传是绝世美女,为中古六歌仙之一、女房三十六歌仙之一。

"哎呀,你可真是个固执的小子。让我想想。"

想了片刻,老翁擦拭着嘴边的水迹说道:"哦,有的有的。就在这小町泉水的西面有一片长满了巨杉的森林,听闻那里也栖息着狐狸。不过我可不敢贸然领你前去,因为那片森林深处有一座千百年前的古冢,不知埋骨谁人。传闻那冢主作祟,谁也不敢靠近。"

"说不定所谓的冢主作祟只是狐狸为祸而已。"千枝松说。

"不管是哪一个,真要作起祟来都很可怕呀。"老翁劝道。

"不,我不怕。我决心已定,要去那密林深处找找看。"

千枝松重新拿起柴刀,跑了出去。

独寝之别

# 一

见拦不住千枝松，陶匠老翁便也只好担惊受怕地跟在少年身后。两人来到那片怪谈笼罩下的杉林前。

古杉枝叶交错，哪怕是白天也仍将林中遮蔽得暗无天日，不过这林子本身并不算深，后面是一座微微隆起的小山丘。千枝松没有半点犹豫，持刀在手打算钻进林间，却又被老翁拦住。

"这……不是我要说丧气话。这里自古就是妖魔横行之处，如此深夜前往实在太冒失了。还是算了，算了。"

"不，不能算了。爷爷要是怕，那就我一个人去。"

千枝松挣开被老翁抓住的手腕，喊着阿藻的名字发狂似的冲进林中。老翁为难地犹豫了一会儿，实在无法丢下少年一人不管，只得鼓起毕生的勇气，从腰间取下磨得光亮的镰刀，追在千枝松之后。森林中并不像想象中那般幽暗。十三夜的月光滑过杉叶，微微透进林中，令人能摸索出大概的方向。这里多年未有人迹，腐叶高叠，两人的脚踩上去就如同深陷于潮湿的泥土中,甚是恶心,因此他们只能扶住树木,像过沼泽一般艰难前行。

"千枝松,看那是什么?"

听老翁这么悄声一说,千枝松也不由得站住了。一座高约五六尺①的土包卧在一棵格外巨大的杉树根部,土堆边闪着微弱的青色冷光,形如鬼火——这恐怕便是那座令人生畏的古冢。

"会是什么呢?"千枝松也压低了声音。除了无法言说的恐惧之外,还有一股好奇心驱使着他,他借着那怪异的冷光,像狗一般四肢着地,沿着树根悄悄爬了过去。刚一接近,他便喊了起来。

"啊!是阿藻,她在这儿!"

"真在这儿吗?"老翁也不由得提高了声音,跌跌撞撞地靠了过去。

阿藻像是熟睡般躺在古冢之下。就着鬼火般的青光,只见她竟枕着一个骷髅头。阿藻隐蔽在这自古便杳无人迹的森林深处,又头枕骷髅睡在古冢之下,这怪异的情景令两人毛骨悚然。不过比起恐惧,千枝松心中的欢喜更甚,他爬到不省人事的少女身边,抓住她的手呼唤道:"阿藻醒醒,我是千枝松啊,阿藻!"

老翁也附声相唤。在呼唤声中,阿藻虽摇摇晃晃地站了起来,却仍像是梦游之人,神志不清,浑浑噩噩地依在千枝松的臂膀上。两人悉心地护着她,将她带离森林。等站在了皎洁的月光下,阿藻才如梦初醒般地长长呼出了一口气。

---

① 长度单位,1尺约0.333米。

"怎么样？是不是好些了？"

"你怎么会迷失在这种地方？"

千枝松和老翁你一言我一语地问，阿藻却像做了场梦似的一无所知。今晚见千枝松迟迟未来，她便一个人离开家前往清水。直到这里她还有记忆，之后却像梦游一般，自己走向了何处、怎么会迷失在森林深处、又是怎么睡在冢下的，她都没有丝毫印象。

"看来还是叫野狐狸给迷住了，"老翁点点头，"不过总算平安无事。令尊肯定担心坏了，好了，我们快些回去吧。"

此时夜更深了。三人沉默不语，各自踏影而行。陶匠老翁在自己家门前和另两人告别。千枝松则一直送阿藻到家门口，他低声对阿藻说："以此为戒，以后绝不让你一个人走夜路了。明晚我来接你前，你可千万要在家里等着我。知道了吗？"

叮嘱完，千枝松正要道别，却猛然瞥见少女左手抱着一物。定睛一看，竟然是那个她枕在头下的骷髅头，在月下泛着惨然白光。千枝松大惊失色地斥道："什么！怎么还留着这东西……你不觉得瘆人吗？赶快扔了！快！"

阿藻没有回答，而是百般珍惜地抱着那骷髅头飞快地闪进了屋内。千枝松目瞪口呆地看着她的背影，心生疑窦：难不成狐狸还附在她身上？

那一晚，千枝松做起了光怪陆离的奇梦。

第一个梦中的世界是流金铄石的酷热之国。举目所见，草木高大繁茂、浓翠欲滴，身在其间，人的衣衫也被映染得尽显苍色。一望无际的花园中，罂粟花艳红胜血，百合花硕大无朋，只见花开成海，层层堆叠，缤纷缭乱。除红花之外，还有紫色、白色、黑色、黄色的花朵。这些花朵在灼热的阳光下溃烂，流出似有剧毒的汁液。更有可怖的毒蛇吐着猩红的芯子，成群结队地在花根处游弋嬉戏。

"这是哪里？"

千枝松瞠目结舌，愕然地看着这一切。这时，一阵怪异的乐声传来。平安京曾有位财主在山科寺举办法会，请来众多高僧大德齐聚正殿诵读经文。那时千枝松挤进寺院的庭院内听得入神，深深震撼于那难以形容的庄严感。如今这乐声和那时有几分相似，却有股妖冶之气，令人蚀骨销魂。他如痴如醉，顺着乐声传来的方向看去，只见四个消瘦的男人各擎一物走来，此物状似日本长柄油纸伞，伞边垂下青白两色的长璎珞，令人顿感清凉。男人皆赤足，穿着浅灰色的衣衫，袒胸露乳。他们身后是穿着浅蓝色薄衣的八名女子，手持团扇。再后面是一只小山般的巨兽，摇摇晃晃而来。千枝松在寺院里见过壁画，认得那巨兽乃是天竺的象。这只巨象洁白如雪。

象背有一架围着栏杆的舆，舆上坐有一男一女。巨象后面还跟着众多男女。这些男女都肤色黝黑，唯有坐在象舆上的女子冰肌玉肤，白皙更胜于白象。千枝松不由自主地意识到那女子正夸耀似的露着洁白的酥胸和手腕，身上穿的浅红色罗衣更是薄如蝉翼。待千枝松窥到她的面容时，不禁倒吸一口冷气，几乎叫出声来。象舆上的女子不正是阿藻吗?

他再仔细一看,那女子要比阿藻年长六七岁,已非阿藻那般天真无邪的少女。但那张脸确实和阿藻一模一样,横看竖看都是阿藻。

"阿藻!"他试着大喊。要不是周围有太多人看着,他很可能会跳上象背,擒住女子那洁白的手腕。可那阿藻模样的女子却看也没看他这边一眼,只顾和身边的男人浅笑低语。那男子戴着草叶编成的冠冕,仰头哈哈大笑。

天空之色似熊熊火焰。在这烈火燃烧般的血红天空下,乐声的曲调愈发高亢,隐在花丛中的无数毒蛇接连现身,随着乐声一起猛地昂起了头。它们渐渐缠绕成巨大的圆环,宛如跳舞似的,缠头衔尾扭作一团,如癫似狂。千枝松屏息远眺,看到又有一群男女被人赶了过来。男女皆赤裸,彼此被粗铁链捆连在一起,形容凄惨。

这群犯人约有十人,被二三十个裸着单肩的汉子用长长的铁鞭驱赶而来。他们被赶至白象前跪下,个个惊恐仓皇、瑟瑟发抖。白象上的女子居高临下地看着他们,露出冷笑。那清澈的眼眸中却带着凌厉的杀气。千枝松的身体也僵住了,只敢偷眼窥看,只见那女子低声吩咐了几句,持铁鞭的壮汉们随即飞扑上前,将犯人们依次踹倒,男人女人都或仰或侧,翻滚着落入无数毒蛇缠绕的圆环中……

千枝松再也没有勇气看下去,掩住眼睛逃开了。身后传来阿藻模样的女子的朗朗笑声,一声高过一声。千枝松迷迷糊糊地跑着,突然感到有人在他肩头拍了一下。他吃了一惊,抬眼一看,一位老僧站在一棵高高的棕榈树下。

"你认识象背上的白肤女子吗?"

千枝松害怕极了,回答不认识。于是老僧平静地说:"你若认识恐怕就没命了。此乃天竺国,和女子一起乘象的男人是斑足太子①。你要好生记得,此女名为华阳夫人,虽为举世罕见之尤物,却并非人类,是十万年一现世的可怖妖魔。这妖魔为毁灭天竺佛法、将大千世界拽入幽冥魔界而来。她的第一步计划便是魅惑斑足太子,施行自开天辟地以来闻所未闻的残虐暴政。如今你所见尚不足百之一二。仅昨日一天之内便有千人被斩去首级,建起了巨大的首冢。幸而此女虽神通广大,但邪终不能压正。更何况天竺乃佛法之国,无边佛法诛灭此妖魔之日迟早将至。虽无须害怕,但你不宜在此久留。快走,快回去!"

老僧拉起千枝松的手,将他往一扇门外推去,巨大的铁门无声地在他眼前关闭。千枝松失魂落魄地呆然而立。可无论怎么回想,他都觉得那位名叫华阳夫人的美人和自己熟识的阿藻一般无二。鬼怪也好,妖魔也罢,他仍想再一次前往那个花园,远远地看着白象上那位白皙的女子。

他用力地捶打铁门,骨头断裂般的剧痛令他猛然惊醒。刚才那可怕的梦境依然反复萦绕在他的脑海中,使他疲惫不堪。

于是,他把脸埋在枕头里,又一次睡熟了。

---

① 据《仁王护国般若波罗蜜经》中记载,斑足太子为天罗国王之子,足有斑驳,故称斑足太子,后为王,即斑足王。

# 二

第二个梦境中的世界，似乎比天竺国要偏北得多。大陆的寒风卷起铺天盖地的沙尘，阴沉的天空一片昏黄。在这飞旋的黄沙里，宏伟巍峨的宫殿高高耸立。

宫殿面南而建，入口处有高高的台阶，台阶上下皆由白色的石块砌成，上面垂着巨大的锦帐。到处矗立着粗大的朱漆圆柱，柱子上雕满龙凤虎等珍禽异兽，配以金银朱碧紫等诸多绚烂色彩，栩栩如生。长长的雕楹碧槛层层叠叠，珠光璀璨。千枝松蹑足来到高阶前便畏缩着驻足不前。台阶下除他之外还聚集了众多的中土人士。

"静!"

不知何处传来一声颇具威严的训斥，只见锦帐左右一分、徐徐卷起。正面高处出现了一个头戴锦冠、身着黄袍的男人，他一副酩酊大醉的模样，卧在珍珠镶嵌的软榻上。千枝松猜测此人可能是中土的君王。君王旁边有位华美如龙宫公主的女子，鲜红的锦裙曳地，高傲如女王般倚在珠榻上。千枝松踮脚看去，又是大吃一惊。那美艳的女子依然还是阿藻的模样。

"酒怎么这么慢？肉怎么还不来？"君王大声斥骂着。

阿藻模样的女子用妖艳的双眸斜睨着君王赤红的脸，捧腹大笑起来。她笑得并非毫无道理，只见君王面前并排摆了好些个大酒瓮，每一个都盛满了几近溢出的碧色美酒。珍珠玳瑁制成的大盘子上鱼鳍兽腿堆积如山。可在彻夜欢宴后已醉眼迷蒙的君王看来，纵是酒池肉林也看不分明。家臣和侍女们都在一旁默默地垂头而立。

此时阿藻模样的女子低声说了些什么，君王痴痴地笑着点头。他当即招来家臣命令了几句，家臣毕恭毕敬地退下，很快便抬来一个大油壶。千枝松这才注意到第一层台阶下立着一根粗铜柱。大批家臣走上前去，将黏稠的油涂在铜柱上，另有家臣搬来无数柴火，高高地堆在铜柱脚下一个巨大的深坑里。又有两三个人举着像是火把的东西走过来，将它们投入坑中。接着有人倒油入坑。

"也许是要点火驱寒？"千枝松想。可他很快就意识到自己大错特错。

坑中的柴火被瞬间点燃。火舌宛如地狱深处喷出的红莲之火，赤红的火团一下子燃遍了整个大坑，熊熊火焰高高蹿起，冲天火光将铜柱映得通红，周围人们的眉梢鬓角都被染得鲜红如恶鬼。就连远远观望的千枝松也觉得脸颊像被烤焦了一般灼热。见火势已猛，阿藻模样的女子高高举起手中的团扇。以此为号，铜锣声骤然响起，几乎击穿耳鼓。千枝松吃惊地回首,只见一个长髯的男子和一个白皙的女子被强拉至阶下。他们像天竺国的犯人一样赤裸着,双手被铁链系住。

千枝松只觉得毛骨悚然。随着铜锣声越来越响,那两个人祭被押至铜柱旁。千枝松这才如梦方醒。靠在涂油铜柱上的这两个人很快就会坚持不住,滑落到那地狱一般的火坑中去。他不忍再看,正要闭上眼,就听见阶下传来纷乱的脚步声。

只见一名身逾七尺的红脸大汉飞奔而至,他身穿黄牛皮做的铠甲,头戴乌黑铁盔,手持一把巨钺①,如一匹烈马,连跃几步便闯到铜柱近前,大手一张抱起两名人祭,又飞起几脚将想要阻拦的两三个家臣踢下火坑。他怒目欲裂,发出雷霆霹雳般的吼声。

"雷震子在此!妖魔纳命来!"

见此人挥舞巨钺欲冲上高阶,女子高声呵斥,其声清脆如铃,却带着凛凛杀气。大批家臣拥来,持剑将雷震子围在当中。坑中烈火愈盛,将宏伟的宫殿映照得赤红一片。以熊熊火焰为背景,无数刀光剑影乱如秋芒。雷震子的巨钺如一轮明月,在刀剑织成的芒草丛中忽隐忽现。

阿藻模样的女子在君王耳边低语几句,一齐悄然起身。千枝松也悄悄跟在后面,只见两人挽手登向高台。除了千枝松,两人身后还聚集起了穿着铠甲的无数中土人士,他们张弓持矛,将高台密不透风地层层围住。其中站着一位有大将风度、庞眉鹤发的老人。千枝松挤到

---

① 古代冷兵器的一种,形似斧,刃比斧宽大,主要用于砍劈。

老人身边,战战兢兢地问:"请问这是何处？老人家又是何人？"

老人回答此乃中土,自己是周武王的军师姜子牙,之后更是将前因后果说给他听。

"如今的一国之君殷纣王被妖女妲己所惑,日夜耽于淫乐。更有甚者,他听从妲己谗言设立酷刑炮烙。你若刚才就在此处,应该也见识了此刑。除此之外,妲己的残虐行径罄竹难书,她将男子生煮,将孕妇剖肚。纵然将她喻为鬼女、恶魔,也道不尽她犯下的滔天罪恶,而她却日日以此为乐。若置之不顾,世间将坠入无底深渊,哀鸿遍野。我主武王不忍生灵涂炭,聚集天下四百余州诸侯共同伐纣,誓诛妲己,还世间以光明,救万民于水火。纣王再残虐无道,也不过是一介凡夫,推翻他并不难。只是那妲己妖女令人生畏,她的原形乃是历劫千万年的金毛白面狐。若不慎让这样的妖魔逃脱,将来又不知会去祸害何方了。"

他的话音未落,只见高台之上黄色烟雾翻滚喷薄。老人见状哼了一声。

"看来是打算焚火自绝。暴君灭亡乃顺应天数,只是绝不可大意让妖魔逃脱。雷震子何在？速去烟雾中诛杀妖魔！"

雷震子不知从何处现身,只见他将巨钺夹在腋下,双手拨开喧闹的人群,径直往高台奔去,火星如雨,纷纷溅落在他的盔甲上。老人忧心忡忡地仰望高台,千枝松也手心冒汗,和他一起向高空看去,高台上滚滚黄烟如巨龙蜿蜒腾挪。烟雾中,阿藻模样的女子那白皙的脸庞腾焰飞芒。

"放箭!"老人举鞭号令。

无数箭矢划破长空,射入烟雾。那女子却睥睨着下方,又冷笑一声,高高地腾空而起。千枝松怕极了,可与此同时亦有难以言喻的悲凉涌上心头,他不由得放声大哭。

这场不可思议的幻梦,至此方醒。

次日天明后,千枝松竟起不了身。不知是否是受昨夜怪梦惊吓,他恶寒侵身、头痛欲裂,但对叔父叔母只说是受了夜露着了凉。叔母煎了药来,千枝松虽灌下药汤,却连一口粥也喝不下去。

"不知阿藻怎么样了?"

他忧心如焚,却因恶疾缠身下不了床。叔母也劝他卧床静养。而在他卧床不起的这五天时间里,阿藻身上发生了什么,这世上又发生了什么,他都浑然不知。

# 三


　　澄空静谧高远，却突来一阵锐如刀剑的寒风，恍如冬日光景，连柳树看起来较之昨日也骤然消瘦许多。大纳言师道的府邸外，柳叶纷飞如雪。

　　一位美丽的少女驻足在府邸的四柱门①前，求见大纳言。

　　"贫贱民女阿藻来自山科乡。特来觐见大人尊颜。"

　　负责通传的青侍②本以鄙夷不屑的眼神瞪着眼前这名贫贱的少女。可渐渐地，他眼中的轻慢荡然无存，这少女的美貌惊得他哑口无言、目不能移。阿藻又说："听闻关白大人有令，征集以'独寝之别'为题的和歌。民女无才，亦斗胆作拙歌一首，还望能入内相献……"

　　少女说着说着便羞红了脸。青侍这才回过神来，点了点头。

　　"哦哦，原来如此。我主公大纳言大人确实奉关白大人之命，向世

---

　　① 其形式为在大门两个主柱之外，左右还各立一根补强用的袖柱。四柱门一般为彰显主人家的身份地位尊贵之用。

　　② 在公卿家服侍的六品武士，因穿青衣而得名。

人广征'独寝之别'的命题和歌。原来你也是来献歌的,勇气可嘉。请稍候片刻。"

说完他又偷看了美丽的少女一眼,转身入内。少女的上方,柳叶又一次飘然纷落。片刻工夫,青侍便回到门前柔声说道:"大人召见。不用拘谨,速随我来。"

由他带路,阿藻进到里面一间似是书房的所在。轻柔的香味萦绕其间,令在乡下长大的阿藻也不自觉地端正恭肃起来。此间主人大纳言师道和蔼地与少女相对而坐。大纳言即使面对如此贫贱之女,也平易谦和地颔首以礼,表现出了"和歌之道无分贵贱"的优雅公卿气度。

"听闻你为发表'独寝之别'的和歌而来。无论公卿庶民,只要能献上好歌便无妨。我已听说你叫阿藻,那你父母又是何方人氏?"

"家父……"阿藻欲言又止。

师道耐心地等了一会儿,发现她仍难启齿便追问道:"你可能在想,明明说了不论出身,怎么现在却要盘问身世。可这毕竟是要呈给关白大人的和歌。若完全不查问歌人的出身,便是我的失职了。无论令尊和令堂是何身份,你都无须感到羞愧,但说无妨。"

"家母早已过世。若不说出家父之名,大人便不允许民女发表和歌吗?"阿藻反问。

"倒也不是,只不过先自报来历再公布和歌是世间常理。难道令尊的名讳不能说吗?"

"是。"

"为何不能说呢？真是怪事。"师道微微一笑，"哈哈，我明白了。你担心报出父名后，若所咏之歌拙劣，恐成为家族之耻吧？没想到你这女子小小年纪倒也思虑周全。好吧，好吧，既然如此我便不再强求。不知来历的女子阿藻，你现在可以献上所作之歌了。你是否已事先写在料纸①或者诗笺上了？"

"不，两者民女均未能自备。"阿藻有些羞于启齿。

师道立刻令人送上笔墨纸砚。自从向世间征集此歌以来，大纳言每天都会收到几十枚色纸②和诗笺。不愧是都城，竟有如此多的歌人隐匿于市井之中，大纳言虽觉有趣，至今却仍未得到一首称心如意的和歌。虽说仅凭外貌判断不出一个人歌咏水平的高低，但眼前少女举世无双的容颜与她方才表现出的伶牙俐齿，倒真的引起了师道的兴趣。莫非真是位籍籍无名的才女突然现身于此，将以才情震惊自己？这想法令他目不转睛地看着少女在纸上笔走龙蛇。

"献丑了。"

阿藻跪坐着，恭敬地用两手将料纸举至大纳言跟前。师道迫不及待地读了起来。

夜静更阑，闺中烛火终须灭，彼时将与吾影别。

"啊——"大纳言不禁发出一声感叹，他看看纸面，又看看少女的

---

① 有专门用处的纸，这里指专用于书写的纸。
② 写和歌或俳句的专用方形厚纸，有各种颜色和图案。

脸庞。猜想变成了现实,这位深藏不露的才女果然令他大吃一惊。

"好,写得好!真是太精彩了。能将'独寝之别'此等难题咏至此等境界之人,别说都城,恐怕全日本也没有了。做得好!值得嘉奖!关白大人必定也能心满意足。末世虽至,而和歌之道未衰,身为歌人,吾辈甚喜。"

师道又反复诵读了那首和歌数遍。不仅歌句本身让人惊叹,字迹也颇为秀丽,令他感佩满怀,热泪盈目。如此一来,他更想知道少女的身世了。

"方才我也说了,世上再无能出此歌之右者。须即刻呈给关白大人过目,那时他若问起何人所作,我又该如何回答?你无须再隐瞒,还是直说吧,你到底是谁家女子?"

"无论如何都要说吗?"阿藻为难地说,"若身份之事令大人为难,您就权当不知歌人是谁吧。"

"倒也不至如此,可你为何就是不能说出父母名姓呢?"

"请大人恕罪。民女告辞。"

说完,阿藻缓缓起身。她周身有种凛然自威的气势,令大纳言竟不敢出言强留。他目送着那美丽不可方物的少女离去,这才如梦初醒地唤来青侍。

"跟在那少女后面,好生确认她究竟是谁。"

青侍领命而出,师道又将诗纸捧在手中欣赏。此女容貌出众、字迹娟秀,绝非庶民之女。难不成是哪家的闺秀一时兴起,来寻个开心？要不然是鬼怪？狐狸？狸猫？他苦思冥想却不得头绪，直到日暮时分青侍带着满脸疲倦回来复命。

"主公，我已查明此女所居何处。"

"哦？查出来了？"

"她住在京城以东的山科乡。我向那一带的人打听，得知其父好像是曾任北面武士的坂部庄司。"

"北面武士坂部庄司……"大纳言闭目细想，很快想起一人，不禁一拍大腿，"哦哦，是他啊，坂部庄司藏人行纲……没错没错，他曾因在宫中寝殿的台阶下射偏一只狐狸而遭贬逐，此后便不知音讯，原来隐居在山科乡。阿藻是其女？能生女如此，他身为父亲可真是有福之人啊。"

这下阿藻不愿说出父亲名姓的缘故也明朗了，肯定是忌惮被贬黜之身。不知是她父亲的教诲，还是那少女自己的主意，总之这温良谦恭的本性令大纳言又倾慕又怜惜。他当晚便前往关白藤原忠通[1]的府邸，向其报告不世出的才女横空出世一事。关白读过和歌后也赞不绝口。

众所周知，源俊显[2]逝后，和歌渐呈衰落之势，而努力想使其再现昔日盛况的正是这位忠通。《久安百首》[3]便是这个时期的产物，歌人辈

---

① 藤原忠通（1097—1164），平安时代后期公卿，接连担任鸟羽、崇德、近卫、后白河四位天皇的摄政、关白之职，在书法上开创法性寺流派，精通诗文、和歌、古筝等。

② 疑为"源俊明"的笔误。源俊明（1044—1114），平安时代中后期公卿、歌人。

③ 和歌集，奉崇德天皇之命编成于1150年（久安六年），因此又被称为《久安六年百首》《崇德院御百首》。

出,男有俊成①、清辅②、隆季③,女有堀川④、安艺⑤、小大进⑥,确实称得上
是和歌再兴的全盛时代。然而令这些享有盛名的歌人纷纷折戟的难
题"独寝之别",却被无名的贫贱女子轻而易举地破解,也难怪关白和
大纳言会惊叹不已。

"其父虽是被贬之人,但与她无关。我欲亲眼一见,速招其来。"忠
通说。

关白家的武士织部清治次日便赶往山科乡,造访坂部行纲隐居之
所。行纲见意想不到的访客登门,不免大吃一惊。他对女儿前往大纳
言府邸之事毫不知情。彼时女子皆习和歌,因此行纲也教过女儿一
二。但他做梦也想不到女儿竟能有如此能耐,和歌水平惊动了当今朝
堂之上的贵人。他在惊愕之余亦觉欣喜,顾不得责怪女儿擅闯大纳言
府邸的大胆行径。身为父亲,他更为拥有如此才能的女儿而自豪。

"承蒙贵人高看,拨冗召见,不胜惶恐……"

他刚开口便又犹豫了。贫病交加的他实在是没有做好让女儿去
拜见关白大人的准备。他心中顾虑重重,就算阿藻是未经打磨的珍
珠,在这寒冷的天气里却只有一套单薄的葱绿色小振袖可穿,这不仅

---

① 藤原俊成(1114—1204),平安时代后期至镰仓时代初期的著名歌人、歌学者,著
有《古来风体抄》,编《千载和歌集》。

② 藤原清辅(1104—1177),平安时代后期著名歌人、歌学者,著有《和歌初学抄》等。

③ 藤原隆季(1127—1185),平安时代后期公卿。

④ 疑为"堀河"的笔误。待贤门院堀河,生卒不详,平安时代后期女歌人,女房三十
六歌仙之一。

⑤ 郁芳门院安艺,生卒不详,平安时代后期女歌人。

⑥ 花园左大臣家小大进,生卒不详,平安时代后期女歌人。

是自己之耻,对贵人也有失礼数。使者清治看出了他的顾虑,将一套绢织彩染的华美大振袖放在行纲面前,称这是关白大人赏赐之物。

"如此重恩,感激涕零。"

行纲大喜,毕恭毕敬地接过和服。使者当下起身回避,阿藻立刻更衣打扮。门口的柿子树下站着清治带来的两名随从。不知是否觉得事有蹊跷,那些胡闹的大乌鸦今天没有贸然接近,远远地眺望着柿子树上红彤彤的果子。

"大人,一切都已准备就绪。"行纲膝行至檐廊外说道。

"明白了,那就即刻动身吧。"

清治和侍从们将阿藻护在当中,正要走出院子,千枝松来了。他大病初愈,脸色苍白,拄着一根枯枝为拐,跛着草鞋跌跌撞撞地走来。他一见阿藻便大吃一惊,但见她身边站着威风凛凛的武士,且神情戒备,便没敢贸然出声。他站在隔壁陶匠作坊门前,呆呆地看着美艳绝伦、与平日判若两人的阿藻。陶匠老翁和老婆子也瞪圆了双眼,躲在竹帘后窥探。

阿藻目不斜视、身姿端正地径直离去。千枝松终于按捺不住,出声唤道:"阿藻,你去哪儿?"

少女却充耳不闻。不安和不满同时涌上千枝松的心头,他再也顾不上忌惮什么,直直跑向少女身旁。

"喂,阿藻,你去哪儿?"他又问。

"哎哎,别碍事。退下、退下!"

清治用手中的扇子向千枝松拂去。他并没打算用力,但扇子在手中一弹,狠狠地拍在了千枝松的脸颊上。千枝松怒从心起,不由得将枯杖捏在手中,可被清治用可怕的眼神一瞪,又退缩了。阿藻从他身边信步而过,仿佛什么都没发生一般。

古冢作祟

# 一

"哦哦,是入道①啊。来得正好。"

关白忠通一如既往地露出和气的笑脸,迎向登门拜访的矮瘦法师。这个看起来性格乖戾的法师乃是少纳言②通宪入道信西③,因当世无双的博闻广识备受朝野尊崇,就算贵为关白,忠通对这位老入道也不得不礼遇有加。更何况爱慕才学的忠通素来将信西视为自己的师长。

"今日会有位世间罕见的少女前来,名叫阿藻。正巧入道您也来了,可否请您拨冗一见,鉴别她是否名副其实?"忠通笑容满面地说。

"叫阿藻的少女……此女是何来历?"信西也舒展凶眉,微微一笑。

"您请看,正是作此和歌之人。"

忠通的书案上只放了笔墨纸砚和少量常用器具,以关白的待客厅

---

① 在日本是对皈依佛门者的尊称。

② 日本太政官制度下的官职之一,负责奏宣小事、保管印鉴,后成为闲职。

③ 信西(1106—1160),俗名藤原通宪,平安时代后期的贵族、学者、僧侣。

来说，此厅的布置可谓相当俭朴。他取出一枚料纸放在信西面前，信西读后，长叹一声。

"此歌实属精妙！以'独寝之别'命题之难，竟能作出如此佳作，在这世上恐怕不会有第二人了。如此说来，那女子究竟是何人？取名为藻，真是凄美哀怨，身如无根草，随波任飘零。"他再次将料纸捧至眼前，看得入迷。

得知少女是被贬的坂部庄司藏人行纲之女后，信西重又皱起了眉头。他并不记得藏人行纲是谁，既然没给自己留下任何印象，可见此人不值得一提。这种小人物竟能生出如此才女，真是世所罕见。于是他也期待起与这位名叫阿藻的少女相见了。

"您适才说，今日召了此女前来？"

"听大纳言说此女之美举世无双，我想看上一眼，便差人召其前来。应该就快到了。"

虽然忠通多少因优柔寡断的个性受人指摘，但即使在一众公卿朝臣中，他的高风亮节和温文尔雅也颇为突出，不辱天下宰相之名。他已年近四十，一向不好女色。就算听他如此夸赞一位少女，信西也知其并不带有任何非分之意。主客二人怀着等待十六夜①明月的心境，等着美丽少女现身，看似风雅悠然，实则翘首以待。

"阿藻已等候在外，主公现在要召见吗？"

织部清治在客人面前有所顾忌，偷眼看着主公的脸色悄声问道。

---

① 农历八月十六，因月升较迟，常用来形容等待。

忠通令他立刻将那少女带上前来。不多时,阿藻在清治的引领下款款行至庭院。

此处是北侧别屋的东庭。午后明媚阳光的照射下,建筑在地上投射出巨大的斜影,院中假山的下端尚未被影子所遮掩,那儿有几株低矮而繁茂的枫树,红叶尚浅,因而虽时为暮秋,却犹如春日画卷。阿藻纤弱的身姿就在这背景前恭敬地跪伏而拜。

"不可,如此跪着几多辛苦。让她上来这里,赐她草垫。"忠通扬扬下巴,吩咐道。

清治答应一声,将阿藻引至檐廊上,正欲为其铺上草垫,却被阿藻婉拒,她跪在檐廊的木地板上,正襟危坐。

"我乃忠通,来人可是前藏人坂部庄司之女阿藻?"忠通转向她问道。

"回大人的话,民女正是坂部行纲之女阿藻,初次觐见贵颜,不胜惶恐。"

少女恭敬有礼的回答令信西也微微颔首以礼,"我乃少纳言信西。"

"你无须顾虑,抬起脸来。"

关白重又开口,阿藻檀脸轻抬,其颜如白玉璀璨,其眉若新柳纤柔,双瞳剪水,眼中温柔慈悲更胜观音。她容颜高贵、身段优雅,令不好女色的忠通也惊为天人,竟一时失语,只顾盯着眼前端丽的少女,目不能移。年近花甲的信西入道也不由自主地理了理素绢法衣①的衣襟。

---

① 没有花纹的绢织僧服,根据流派、阶级地位,法衣颜色各有不同。

"你年岁几何?"忠通又问。

"十四。"

"哦,十四啊。因生有大才,看来比实际年龄更为稳重。你从何时始习和歌? 师从何人?"

阿藻一一作答。她说自己的字音①假名均由父亲所授,并未特地拜师学习,乃是无为自成,并对此甚感惭愧。她的真挚谦逊令忠通愈发心仪。他更为亲切地说:"我曾说过,凡能解'独寝之别'这道难咏之题者皆有重赏。你想要何物? 金银绸缎、吃穿用度,只管提来。"

阿藻听了,眼泪扑簌簌地落在染色的绢袖上。

"民女万谢! 拙歌能得大人如此褒美,民女感遇忘身。斗胆借大人美意,恳请大人允许小女子说出平生夙愿。"

"哦哦,当然可以。但说无妨。"忠通饶有趣味地点了点头。

"万望赦免我父行纲……"

说完,少女诚惶诚恐地跪伏在廊上。忠通和信西面面相觑。

忠通再说话时,声音低沉了一些。

"孝心可嘉。比起赏赐,你更想要父亲的赦免吗?"

阿藻的愿望在两种意义上触动了忠通的内心。其一是为她的孝心所感动,其二是对自己以往所为生出些许悔意。命北面武士行纲射狐的是自己,行纲未射中之际,勃然失色的也是自己。虽说是贬黜,但若当时自己稍有体恤之心,行纲至少也能保住家职②。行纲虽有过错,

---

① 指日语中汉字的读音,分为古音、吴音、汉音、唐音等。

② 古代日本武士世袭的职务、称号等,与公职相对。

但论其罪不至受此严惩,当时他心中也有过一丝悔意,但经年累月之后早已抛于脑后。这次因咏歌的因缘际会,令他重又想起北面行纲这个名字。更何况如今这美丽的少女就在自己眼前,泪水涟涟地为其父求赦。忠通也不由得湿了眼眶。

"你父乃被贬之身,非忠通一念可赦,但我念你一片孝心,会力促此事。姑且等待时机。"

在这个时代,谁都知道只要关白大人如此承诺了,得偿所愿是早晚的事,因此阿藻止住眼泪再次叩谢。清治得到主公示意,前来促阿藻离开,"也许还会再召你来,那时再来拜谢吧。"

忠通当场给出赏赐,将精美的色纸、诗笺和红叶重①的薄叶纸②亲手赠予阿藻,并勉励她更加精进和歌之道。阿藻带着所得之物,在清治的陪同下按原路离开了庭院。

"这少女真是蕙质兰心、温顺娴静!她献上了独寝的和歌,却毫无争名夺利之心,只求赦免父亲之罪。怎不令人心生悲悯怜惜!"忠通目送着少女的背影远去,再次感慨地叹息道。

信西却没有应声。忠通本以为对方必然会随声附和,见其缄口不语,不免有些扫兴。他带着催信西作出回应之意,又开口说道:"如此少女被埋没在草屋陋室中实在可惜。无论是其容貌还是心地均称得上举世无双……我说入道啊,我想将她收入府中悉心教导,将来再送她入宫奉职,不知您意下如何?"

---

① 亦写作红叶袭,色调名。该色调正面为红,反面为青;或正面为红,反面为深红。

② 和纸的一种,以雁皮、结香为原料,纸薄,品质极高。

　　信西依然闭目不语。只见他攒眉蹙额,宽额上显现出一道深深的皱纹。每当事关重大而他不能定夺之时,他都会露出这副吓人的表情,这点忠通也知道。正因为知道,忠通才更觉得奇怪和不安。

　　"入道,您倒是说句话啊。"

　　忠通又一次唤道,信西这才睁开眼,却又像是畏缩着什么似的眯缝着眼睛,他仰头凝望了天空好一会儿,才呻吟般挤出一句话来:

　　"好生古怪啊。"

　　此时,阿藻刚被送出府邸、迈出那扇四柱门。

# 二

千枝松先回了一趟家,等到夕阳西下又出了门。他先前见阿藻穿着令其判若两人的华服美衣,身边还跟着从未见过的武士,他在大吃一惊之余想要细问,不料阿藻却无视他的存在径直从身边走过。自己还被武士用扇子打了一下。千枝松又不甘又难过,眼泪几乎夺眶而出。远远地看着阿藻一行人的背影离去后,他立刻跑进阿藻家。行纲告诉他阿藻是被召至关白大人的府邸,他才好歹放下心来,不过,被召去之后又会如何呢? 他心头仍有一股不安难以消散,回到自己家中后也依然无法平静。

"你的病才刚好,天又黑了,还想去哪儿?"他把叔母的呵斥抛在脑后,偷偷地溜出了家门。

此时申时①已过。秋云如团团棉絮,仍带着被夕阳映染的红边,树荫下却已被暮色渗透,秋风微寒,吹拂得路边芒草的白穗徐徐轻摇。

---

① 指15点至17点。

千枝松和早上一样,挂着一根枯枝当作拐杖,等他好不容易到了地方,陶匠老翁正站在自家门外仰望着高远的天空。

"千枝松,你又来啦? 阿藻还没回来呢。"老翁笑着对他说。

"怎么还没回来!"千枝松失望地看着老翁,"她被带去关白大人的府邸这么久,不知都做了些什么。"

"她一个女孩子光是从这里到平安京一个来回就要花上不少时间。如果你非要等到她回来,不如进屋等吧。天黑之后会越来越冷的。"

老翁将两手背在身后,打了个喷嚏,钻进竹帘内。千枝松也默默地跟了进去,老婆子已经在里面烧柴点火了。

"你的病还没有好利索,一早一晚都出来乱跑,你叔母怎么不骂你?"老婆子眯着被烟熏了的眼睛说,"你对阿藻可真是执着啊,难不成你们已经互定终身了吗?"

千枝松的脸被烧旺的柴火照得通红。他像是要避开烟雾似的垂下眼睛,沉默不语。

"那是你们自己的事,我们也管不着,不过你知道吗,最近阿藻的样子和以前大不一样了。就拿前不久那天夜里的事来说吧,你和我家老头子为她那样费力劳心的,结果呢,第二天早上碰见了连个正经招呼都不打。她以前可是又温顺又老实的好姑娘,怎么现在像变了个人似的。你说是吧,老头子?"

老好人脾气的老翁可能听够了她对邻家姑娘的诋毁,只是笑了笑没吭声。千枝松看看老翁良善的笑脸,又看了看坏心眼老婆子满脸的皱褶,也没说什么,默默地听着。

没想到那老婆子得寸进尺,歪着嘴,龇着斑驳的牙齿,说得更起劲了。

"还不止呢,我还目睹了一件咄咄怪事。前天晚上我去隔壁村买酒,看见阿藻独自站在河岸茂密的芒草和芦苇中。要光站着吧也没啥稀奇,可她的一只手上竟然拿着一个骷髅头,后来还把那个骷髅头给举到头顶去了。我觉得瘆得慌,就悄悄地走开了。"

千枝松当即意识到那应该就是阿藻从古冢带回来的骷髅头,她曾很宝贝地抱在怀里,可他实在摸不着头脑,为何她会做出这般怪异的举动?

"我从那夜之后就没再见过阿藻,她每晚都那样吗?"千枝松忐忑不安地问老婆子。

"那我就不知道了,我只撞见过一回。至于她为什么要那么做,你见了她问问不就行了。"

"哈哈哈,这有什么难解释的?"老翁突然大笑出声来,"天那么黑,这个老婆子肯定是看走眼了。要不然就是阿藻趁着没人看见,想把那玩意儿丢到河里去吧。什么举在头顶,难道是想当帽子戴吗?哈哈哈哈哈。"

见自己被如此轻描淡写地否定了,老婆子激动起来。她连说带比画地把当时的情景详细地描绘了一遍,其间数次被柴火冒出的烟呛到。

"我绝对没看错,阿藻确实把那个骷髅头顶在头上来着。"

"八成就像爷爷说的那样,是你看走眼了。"千枝松不死心地从旁插嘴。

老婆子左右受敌,嘴越噘越高。

"哎呀,你们又没瞧见,有什么资格说我! 我可是打那儿经过,用这两只眼睛看得明明白白的。"

"就凭你这昏花的老眼? 就凭你这翻白的鱼眼?"千枝松嘲笑她道。

"你说什么? 说我是鱼眼?"老婆子气得立起膝盖坐直,"就算如此我眼睛也毒着呢,不像你们两个睁眼瞎。"

"说谁睁眼瞎!"千枝松也挺起上半身。

"你不也说我是鱼眼吗!"

"我就是看着像才说的!"

两人口沫横飞、气势汹汹地吵了起来。老翁只好颇为无奈地笑着劝架。

"好了好了,邻家姑娘是顶着骷髅头也好抱着骷髅头也好,和我们都没关系,不值当你们吵成这样。千枝松你是不是和这老婆子犯冲啊,一碰面就吵个没完没了。我看你今天就先回去,明天再来吧。"

"就是说啊,都怪老头子你把这个愣小子领进屋来,"老婆子隔着炉火怒目而视,"这儿可是我家,没你待的地方。赶紧走!"

"哼,走就走! 我还不想和蠢货多废话呢,你这个笨蛋老虔婆!"

骂声未散,千枝松就已经飞快地跑了出去,外面暮色已深。只见微暗之中浮出一张白皙的脸,少女轻声唤着他的名字。

"千枝松。"

是阿藻。千枝松几乎连滚带爬地飞奔过去。

"哦哦,是阿藻啊,你回来了!"

"你在隔壁屋里吵什么呀?又是蠢货,又是老虔婆的,这么恶毒的话可不能乱说。"

"话虽如此,可那个老婆子一逮到机会就说你的坏话。真是可恨极了。刚才还扬言说看到你把骷髅头顶在头上,以此来戏耍我。"千枝松回头对着陶匠家骂骂咧咧地说。

出乎意料的是,阿藻用冷静的声音说道:"那个阿婆并没有你说的那么坏。她确实看到了我拿着骷髅头。不过这是有原因的,我失踪那夜枕着的白色骷髅头不知是何人的遗骸,我既然与它有了接触,也算是一种因缘。我想为它祈求冥福便带了回来,偷偷放在佛坛上祭拜。可父亲发现后,说这种污秽之物不能留在家里,责令我送回原处。我不敢再去那座可怕的森林,想请你帮忙,可那几日总也见不到你。我万不得已才带去河边,念诵《普门品》后将它沉入河中。可巧阿婆路过,看到我举着骷髅头,不知前后缘由的人当然会觉得匪夷所思。所以阿婆并不是要戏耍你,她说的是实情。"

"原来是这样。"

千枝松点点头。这么一来,阿藻在昏暗的河边高举骷髅头的事就说得通了。看来陶匠家的老婆子也不完全是胡说八道,他有点儿后悔自己一时冲动和老婆子吵了起来,没有顾及善良的爷爷。

"对了,你今天去了关白大人府邸,那位大人是什么样的人?"

"大人可好了,"阿藻夸耀似的说,"送了我色纸和诗笺等好多东西,还让武士们护送我回来,听他们说,说不定会让我去大人府上侍奉呢……"

"什么,去关白大人府上……那、那要真是如此,你作何打算?"千枝松慌忙问道。

"什么打算啊……自然是心怀感恩地接受啊。要是能意想不到地飞黄腾达,父亲也一定会很欣慰的。"

秋日的暮色笼罩着两人。少女白皙的脸庞也渐渐看不清了。千枝松瞪大眼睛,想要在昏暗中辨识出少女脸上的神情。

"你若接受……就要去关白大人府上住了。听说侍奉贵人一去可就是一辈子。就算不至于如此,恐怕三五年内也不会得闲。这么一来你什么时候才能回得来?"

"这就不是我能决定的了。也许三年五年,也许十年八年,也许一生。"阿藻平静地回答。

这和我们说好的可不一样!千枝松话到嘴边,却强咽了下去。

他一时沉默了。

两人之间当然没有什么正式的约定。阿藻从未亲口许诺过未来,其父行纲也不曾说过要将女儿托付给他。这只不过是在彼此心照不宣的情况下，千枝松自己的一厢情愿罢了。他并无任何权利在此当面指责阿藻背信弃义。但他依然感到难过、感到委屈、感到愤怒。他无论如何都不想让阿藻去侍奉贵人。

"纵然这能令你飞黄腾达，但飞黄腾达就是人间唯一的幸福了吗？我看还是算了吧。"他坦言劝道。

阿藻却一言不发。

"你不肯吗，你执意要去关白大人府上吗？"千枝松紧接着又说，"你之前说要跟我叔母学做乌帽子一事，原来是假的吗？你一直都在骗我吗？"

他试图借由抛出这个问题来指出阿藻背约，没想到却被对方轻易地化解了。

"那是过去的事，当时我也想不到能上京奉职呀。"

"可过去是忘不掉的！"

因为无法在黑暗中看清阿藻的神情，千枝松急切地捉住阿藻的手腕，将她拉到陶匠家的门边，借着竹帘里漏出的炉火的点点红光，少女的脸再次清晰起来。千枝松凝视着那张脸说："我都说到这份儿上了，你还是不肯听吗？我怎么求你都不行吗？阿藻，明年我就成年了，能做乌帽子生意了。只要我努力干活，你们父女就不用再为生活发愁。侍奉贵人有什么好？还是百姓的生活更安乐些。再说你要是走了，你生病的父亲该怎么办？谁来照顾他？你不能光顾走自己的青云路而置父亲于不顾，这是不孝啊。"

第一次碰壁之后,他又寄希望于"孝道"二字,企图令阿藻回心转意,然而又立刻被对方反驳了回来。

"只有我去奉职,父亲的被贬之身才能得到赦免。若我恳求关白大人,也能为父亲请到名医治病。这到底哪里不孝了?"

千枝松再也说不出话来。

阿藻露出了大获全胜般的得意笑容。

"与你做了这么多年青梅竹马,此番分别,也许再无相见之日。正如你刚才所言,明年你将成年,要好好在叔父叔母跟前尽孝才是。"

说完,她便如幽灵般消失在了黑暗之中。

# 三

那一夜,千枝松辗转难眠,一直思来想去。

"陶匠家的老婆子说的没错,现在的阿藻已不是过去的阿藻,简直完全变了个人。"

最后他决定次日再去找阿藻,一定要想方设法说服她。他紧绷着已经疲惫不堪的神经,熬过了秋日的漫漫长夜。待到拂晓鸡鸣之时,他却又发起了高烧。

"你看吧,叫你病没好全就不知轻重地大晚上往外跑!"这回不仅叔母斥责他,连叔父都骂他不知死活。

于是,接连四天他都被严禁外出。

千枝松虽心急如焚,无奈身子却动弹不得。到了第四天早晨,他感到好了一些,正好叔母出门买东西,他便趁机拄着竹杖溜出家门。才三四天的工夫,外面秋意骤深,田里的高粱已被收割殆尽。光秃秃的田野在眼前无尽地延展,千枝松不禁感到这世界变得宽广了起来。

可他却并未因此感到舒畅,反而有一股无依无靠的悲凉袭来,令他泪眼婆娑。他费力地拖着草鞋,步履沉重地缓缓前行。

在可以望见阿藻家门前那棵柿子树的树梢时,他遇到了陶匠老翁。老翁手中拿着野菊的花枝,独自一人佝偻着前行。两人在田间小路当中相遇。

"爷爷,你去哪里?"

既然已经碰到了就不好不打招呼,于是千枝松先开了口。老翁扶了扶歪掉的乌帽子,露出和往常一样的笑容,但他的下巴看起来有些消瘦。

"这个嘛,去给老婆子扫墓。"他给千枝松看手里的红花。

"阿婆去世了?"千枝松大吃一惊,"什么时候的事? 是突发急病吗?"

"哦,刚巧就是你和她吵了一架离开的那天。"

老翁神色悲怆地告诉千枝松:那天深夜,有人敲门。老婆子一反常态,不像平时那样贪睡不起,而是一骨碌爬起来开了门。也不知外面站着何人,老婆子就跟着出去了,这一去直到天亮也没有回来。老翁觉得奇怪,到处打听,但因为事发于夜深人静时,谁也不知情。无计可施之际,老翁猛然想起此前的那片杉林,以防万一赶去一看,发现老婆子和阿藻一样倒在古冢之下。不同的是,她被什么东西咬破了喉咙,再也无力回天。在乡亲邻里的帮助下,丧事操办得还算顺利,第二天傍晚就下葬了。

千枝松紧锁眉头听着这怪异之事。这时,老翁又说:"我想这都是古冢作祟。因为我们贸然踏入那片森林深处,我着了报应,却落在我家老婆子的身上。我家老婆子怕是被冢主所惑,落了个曝尸林中的下场。千枝松,这事跟你也并非全无关系。老婆子就埋在那座山丘脚下,你若有时间还是去拜一拜吧。虽然她活着的时候你们总是争吵,但人死成佛,你就为她祈祈冥福吧。"

说着,老翁又慢慢露出了平日的笑脸。可千枝松却笑不出来。突然而来的作祟之说令他心生恐惧,而清晨的寒风也吹得他起了一身的鸡皮疙瘩。

"真是太不幸了。我一定会去祭拜的。"

和老翁告别后没走两步,就听老翁在后面喊他回来:"千枝松啊,还有句话忘了说。阿藻已经不在家啦。"

千枝松脸色骤变,老翁对喊住他感到有点儿过意不去,说:"给老婆子办丧事时,阿藻也帮了忙,不过听说第二天就又从京里来了使者,她决定立刻上京奉职,昨天中午就高高兴兴地走啦。"

高飞的候鸟在两人头顶结群掠过,老翁不禁抬头去看,千枝松却低着头,紧咬嘴唇。

"详情你去问庄司吧。老婆子走后,我一个人冷清得很,你还是要常来家里玩哦。"

千枝松点点头,向老翁告别。

即使是自己厌恶至极的老虔婆,听闻其死讯时千枝松还是感到一阵悲伤。而且，那奇怪的死法也令人感到害怕。但对现在的千枝松而言，老婆子的死和古冢作祟都不是问题所在。他神情恍惚地直奔阿藻家中，行纲见他来，从蒲团上坐起身。

"来啦。你总来看望我，真是感激不尽。"行纲和往日不同，眼中神采奕奕，"和你要好的阿藻被召至关白大人的府邸去了。我这带病之身起卧皆不自由，放手让照料自己的女儿离开确实有些顾虑，但她能过得好是最重要的；若能如此，实乃我之大幸，所以还是下决心让她走了。虽然此后的事难以预料，但这一去恐怕五年十年都回不来。作为阿藻的青梅竹马，你也祝福她能出人头地吧。"

千枝松并未回应，默默听完后便退了出来。门外的柿子树上，被乌鸦啄剩的大柿子红彤彤的，已然烂熟，腐叶时不时飘落到树下。他忧愁地看着树梢发呆，不知不觉，一行热泪已滑过脸颊。

阿藻终究是丢下自己去奉职了。五年十年，甚至可能这一生都不再回来。想到这里，他心如刀绞。他本来期待着明年成年后能独当一面，作为乌帽子手艺人外出行商，可前提是这份期待中必须有阿藻的存在，如今阿藻却如鸟儿般振翅高飞，再也不会回到自己的笼子里来了，那自己以后干活还有什么期待呢？又能指望着什么活下去呢？千枝松感到自己的世界骤然漆黑一片。与此同时，尚未痊愈的高烧又一次袭来。他周身火烧火燎似的发着烫，喉咙干涩、呼吸困难。他想去隔壁的陶匠家喝杯水，但因为知道老翁不在家，觉得不妥，到底没去。他拄着拐杖，挣扎着走向附近的河边。

这里也是常和阿藻结伴玩耍的地方,就在前不久两人还来采过十三夜要用的芒草。两人亲密无间地贴肩而坐的那棵大柳树还倒在那里,清澈的秋水无声地流过。千枝松好不容易走到水边,双手掬起冰凉的河水贪婪地喝了起来,可身上却越来越热,他眼前发黑,头痛欲裂,连站都站不起来了,于是他丢了拐杖,像螃蟹一样爬着钻进枯萎的芦苇和芒草丛中,可就快到路边时,他脑中重又闪过一个念头。

"不如干脆就这么死了吧。"

为了忘却失去阿藻之悲,为了摆脱病痛折磨之苦,干脆就沉入这水底吧。须臾之间,他便下定决心,重新爬回水边,就在他苍白的脸倒映在水中的那一刹那,身后冷不丁儿有人抓住他的腰,一把将他拽了回来。

"慢着!"

来人是个仆从打扮的小个儿男子。坍塌的堤坝上还站着一个主公模样的男人。千枝松已经连一丝挣扎的力气也没有了,像被小孩捉住的小奶狗一般,任由那人将他一路拖拽到堤边。

"你在那里做什么?"主公模样的男子语气平和地问。男子三十七八岁的年纪,穿着清雅的水青色狩衣①和白色的奴袴②,戴着立乌帽子③,一看便是身份尊贵之人。他鼻下蓄有薄须,目光炯炯,虽平易近

① 平安时代以后公家的常服之一,最先为野外狩猎所穿,特征为袖和衣体未完全缝合,整体宽松,可见里面所穿单衣。

② 即指贯,外形为宽大的裙裤,裤脚绑细绳。其和狩衣配套,是平安时代贵族的装束之一,现多为神官所穿。

③ 乌帽子最原本的样子,高筝的扁圆形,不做任何褶皱,象征着身份的尊贵。

人却又有凛然难犯之威,在他的注视下,千枝松跪伏在地。

"你的脸色看起来极差,"男子又说,"我看得出你被妖气侵附,已命不久矣。你是否有遇到什么凶险之事?"

"大人问你话呢,你要老实回答,究竟因何投水……"仆从叱道。

"我乃播磨守①泰亲②。虽不知你是谁家之子,但欲救你一命。你为何求死,不妨说与我听。"

一听泰亲之名,千枝松不由得抬起头来,诚惶诚恐地仰望着眼前之人。播磨守泰亲乃是阴阳博士安倍晴明第六代孙,是精通天文、龟卜、算术的名士,在日本可谓无人不知、无人不晓。一听从他口中卜出了自己被妖气附身一事,千枝松更觉胆战心寒。

所以他丝毫不敢隐瞒,一五一十将事情说出。泰亲闭目沉吟片刻,重又缓缓开口:"这位名叫阿藻的女子住在何处,你且领我前去。"

泰亲取出些药令千枝松服下,千枝松顿觉神清气爽。在仆从的搀扶下,他领着泰亲来到行纲家门前。泰亲立足观望,环视一周后更是眉头深锁,他抬头遥望着房屋之上的天空说:"此乃凶宅。"

柿子树上,乌啼声声,一如往昔。

---

① 播磨国的行政长官,由日本朝廷直接派遣。播磨国为日本令制国之一,范围相当于今兵库县南西部地区,国府在今姬路市。该国出了多位有名的播磨守,如安倍晴明、平忠盛、平清盛、源义朝等。

② 安倍泰亲(1110—1183),平安时代后期贵族、阴阳师,安倍晴明五代孙,下文的"六代孙"疑为作者笔误。

花
之
宴

# 一

光阴荏苒，四度春秋。一晃到了仁平二年①的春天。

在这三四年间，瘟神隐匿，未在人间翻云覆雨。动辄就抬出神舆②大闹一番的延历寺③山法师④们在此期间也偃旗息鼓，安于寺内吃斋诵经。京中民众的睡梦也久未被长卷⑤的寒光和高齿木屐的声音惊扰。检非违使⑥执法严厉，令盗贼渐绝。同时火灾少发，风暴不至。平安时代末期的人们本时时凄惶于乱世的步步逼近，此时也渐渐松弛下来，今

① 即1152年，近卫天皇在位时期。

② 供奉神灵的神轿。

③ 日本天台宗山门派大本山，位于比叡山，名僧辈出。历史上多次遭遇火难，最有名的一次是1571年被织田信长放火焚山，当时被杀的僧侣、信徒有三四千人。

④ 延历寺僧兵的专称，最初因寺内派系斗争所产生，后成为一支不受制于统治者的武装力量，在本文故事发生的时代经常抬着神舆上街反对当时的神佛统一（将神道教和佛教合并，尊佛为神，尊神为佛）政策。

⑤ 一种类似长刀却比长刀刀柄短的武器，刀刃如太刀细而长，在战场上用来攻击士兵和马匹的下半路。

⑥ 平安时代所设的令外官之一，主要负责处理京都的违法犯罪事件，集抓捕、诉讼、判决等大权于一身。

春更是一直风和日丽,似乎想助人们重新寻回昔日的悠然自得,过得更舒缓从容些。漫山遍野绽满了樱花,人们结群而至,蝴蝶亦追逐着衣香翩翩起舞。

三月半,关白忠通在桂之里的山庄举办花之宴。公卿贵胄们以错过藤原氏一族之长的盛宴为平生之耻,都争先恐后地聚集于此。虽说于春雨沥沥时,在花荫中湿身亦为风雅之趣,但那日幸得春神眷顾,煦色韶光一早就盈满天地,为飨宴增光添彩了不少。

忠通本来醉心风雅、不喜奢华,不过自前年被定为一族之长后难免有些心高气傲,亦开始耽于太平之世的安乐。若将穷奢极欲的殿上朝臣们比作红枫,他本是其中朴实无华的青松,却在不知不觉间也被风气之雨浸湿,渐渐移情于奢华。再加上身为藤原氏族长,出于政治策略上的考量,也要显示出与身份相称的威势来,因而这场盛宴在他而言确实极尽豪奢、前所未有。宾客们带着昔日印象而来,所见却远超预期,大吃一惊之余无不折服于尽善尽美的盛情款待。主人得意,宾客满足,一场花之宴令宾主尽欢。

宴会之中,有人寄情诗赋,落笔挥毫;有人品竹调弦,乐声悠扬。若宾客皆为男子则不能尽兴,因此各公卿贵族家的女官、闺秀们也列席其间,金妆锦砌、翠绕珠围。华服之色、衣袖之香以及管弦之音合为一体,在春日的暖阳下融化流淌,连繁花、彩蝶、鸣莺都仿佛黯然失色、暗哑无声。

在这美不胜收的画卷中,却有一人抽身而去。这位年轻的公卿身穿簇新的浅蓝色直衣①,似乎打算以春风醒酒,独自伫立在水边的白石上,低头看水中荡漾的花影。这时身后有人低声说话,男子回过身,重新稳了稳立乌帽子的帽额。

"是玉藻前②啊。今日种种款待劳你费心了。"

年轻贵族是左少辨③兼辅,白肤薄须,是位风流倜傥的美男子,诗词歌赋无一不精,在绘画上也颇有心得,还擅长吹笛。他在当今朝臣中有风流公子的美誉,传闻他与多名女侍、女官皆有露水情缘,令人称羡不已,其本人也颇以此自得。

在这位风流公子面前,只有两类女子能神态自若地与其交谈而不觉羞涩,一类是早已忘却人间风情和爱恋的年老女官;另一类是自持美貌和风情都不逊于他的绝代佳人。如今他面对的女子便完全符合后者的标准。

"您过誉了。招待各位贵客是妾身职责所在,不周之处还望担待。此刻离暮色西沉尚有些许时间,不如去那边的亭榭浅酌几杯如何?妾身来为您带路。"

"此番盛情心领了,不过酒还是免了吧。我自刚才就已有醉意,不想被人看到自己不成体统的样子才躲进这树荫之中。"兼辅将折扇抵在额上,面露微笑。

①天皇之下贵族所穿的常服。形状与束带(朝服)中的袍相似,不同的是没有色系、图案限制。得到特别许可的人甚至可以穿着直衣上朝。

②"前"加在女子名后,表示尊重和敬意。

③辨官之一,辨官属于日本令制官的一种,负责联络各地、各国,实施行政指挥运营。分左辨官和右辨官,其中又各分大、中、少辨。

"您这话怕是在哄骗妾身吧,我看您定是与佳人有约。若是如此,妾身可要赖着不走了,偏要在此碍您美事。"玉藻前也以扇掩口,莞尔而笑。

"这可伤脑筋了。我没存半点非分之想,只不过游荡至此,看着寂寥的花影打发时间罢了。你就别戏耍我了。"

玉藻前依然笑意盈盈,目不错睛地看着认真辩解的男子。远处设于亭榭中的宴席上传来了悠扬的笛声,轻柔的春风若有似无,却也吹得樱花散落,栖在她的鬓发上。

这玉藻前便是坂部庄司藏人行纲的女儿阿藻,进入关白忠通的府邸成为女侍已是她十四岁那年秋天的事了。

她入府不久,被誉为当代贤女的忠通之妻不幸离世。忠通此后并未续弦,从此美丽伶俐的阿藻集主公宠爱于一身,如今已迎来了人生中如花似玉的第十八个春天。

入府侍奉之后,忠通本以昔日的名字称呼她,但仙姿玉貌的她早已吸引了诸多年轻公卿的目光,也不知是谁最先在她名字之前加上了一个"玉"字,就这样被叫开了,也渐渐被人们所习惯,现如今连主公忠通都称她为"玉藻"。

忠通身为主公,颇以府中有这样才貌无双的少女为骄傲,因此每当待客之时,忠通必让玉藻作陪。偶尔去参神拜佛或游山玩水,也一定会带玉藻同去。忠通喜好上奢华之风也是在玉藻近身之后的事。

每当玉藻外出归来,长长的衣袂①总是会变得很沉重。被暗中塞

---

① 和服长袖最下端垂下的部分。

进长袂中的文章与和歌承载着倾慕者们的魂牵梦绕,玉藻却从未回应过。即使如此仍有很多人锲而不舍、苦苦纠缠。今日,她的长袂看起来也是沉甸甸的。发现这点后,便轮到兼辅戏弄对方了。

"我说玉藻前啊,想必你今天的长袂也很重吧。听说投水之人会捡拾石子放入袂中,像你这样总是揣着沉重的长袂走来走去,要是不慎落水,想再浮起来可就难了。你要万分小心才是。"

费尽心思说出的俏皮话令他自己先笑了起来,玉藻也笑得情难自禁,拿扇子遮住了脸。

"这是在说您自己呢。妾身何足挂齿……倒是您的神情已经证明您从刚才起就在此等人呢。"

这回兼辅不打算搪塞过去,嘻嘻地笑了起来。说实话,他确实有此盘算。像他这样的人物一旦离群独处,就一定会有倾慕他的女子找上前来。他没有明确的目标,张着网等待愿者来投,却没想到投网的竟是出乎他意料的美人鱼。他暗自琢磨该如何将这只猎物纳入囊中。

"你真是疑神疑鬼,我兼辅才不是这般轻浮之人。说起来你来这里做甚?难道在此成了妨碍的反而是我……原来如此,所以你才要把我支去那边的亭子。瞧我这不会察言观色之人还稀里糊涂地在此逗留不去,真是太不解风情了。你可要原谅我呀。"

他打算以此来试探对方的心意,于是笑嘻嘻、慢腾腾地佯装要走,刚一迈步,发现不知何时一只白皙的小手已经抓住了他的衣袂。

"您真是太卑鄙了。"

这话令兼辅揣摩不透对方的心思,他默默地站住了。

"您的风流之名,即便在公卿朝臣之中也首屈一指。戏弄女子对您而言也许已习以为常,但若是此处有一个无知却专情的女子,把您的戏弄当了真、钻了牛角尖,您又打算怎么办呢?"

"我可是正人君子,不记得自己曾戏弄过何人。"兼辅笑意盈盈,佯装不知何意。

"不,怎么能说没有呢? 您可认得这个?"

玉藻从怀中拿出一册细心叠好的诗笺,呈在男子眼前。兼辅见了又高兴又羞赧,微微红了脸庞。

"说您卑鄙难道不对吗?妾身为了回应您的和歌特地避人耳目前来,您却残忍地推开妾身,想要逃之夭夭。"

在那双妖冶的双眸注视下,兼辅只觉得骨销肉化、心荡神迷。玉藻笑着将那诗笺收回怀里,而这位年轻公子的魂魄也随之被一同吸入了美人怀中。

# 二

　　"听说公子的叔父大人是法性寺①的隆秀阿阇黎②。妾身想去瞻仰这位享有盛誉的博学大德,在其眼前聆听教诲。不知您是否能为妾身引见?"玉藻若有所思地说。这时她已在兼辅耳边轻声念过了与他唱和的恋歌。

　　"咦,你还未见过我叔父?"兼辅露出一丝不可思议的神情。

　　众所周知,法性寺是关白家所建立的寺院。兼辅也早就知道忠通极为尊崇神佛,所以玉藻没见过寺里这位地位崇高的阿阇黎一事就让人觉得有些不合情理。

　　"据说阿阇黎极为讨厌女子。"玉藻落寞地笑了笑,解释道。

　　和侄子兼辅不同,这位隆秀阿阇黎是一位严守戒律的高僧。他十分厌恶女子,将她们视作无法得道的恶魔,就算是公卿贵人家的夫人

---

　　① 位于现京都东山区本町,属于净土宗西山禅林寺派。925年由藤原忠平创建。藤原忠通此后在此出家。

　　② 佛教用语,意为"轨范师",是对教授弟子纠正弟子行为的导师的称呼。

和小姐,他也不愿与其对坐交谈。忠通也深知这点,因此在去法性寺参拜时绝不会带女子同行,哪怕是备受他宠爱的玉藻苦苦相求也从未破例。兼辅这时也明白过来,不由得苦笑起来。

"哈哈,叔父固执也不是这一两天了。他每次见我都要训斥几句,还会耳提面命地说上小半晌佛法。要是冷不丁带着什么美人去见他,还不知会被他念叨成什么样。可谁叫这是你的请求呢,就算我为此挨几句骂也不算什么。你什么时候想去都行,我来为你引见叔父阿阇黎。"他满不在乎地答应了下来。

"《提婆品》①里有八岁龙女即身成佛的典故。妾身生为罪孽深重的女儿身,若能得到尊贵的阿阇黎教化,莫说今生,就连来世也能坦然心安,因而这是妾身唯一的夙愿。"玉藻的声音听起来有些低落。

玉藻这楚楚可怜的受挫模样,看在兼辅眼里反而平添了几分美艳。兼辅颇为喜爱白乐天的《长恨歌》,常挂在嘴边念诵,他觉得其中那句"梨花一枝春带雨"描述的恐怕就是此番情景。他开口安慰道:"放心,君子一言九鼎。无论明天后天,我一定会带你前去。只要你送信来,我便立刻来接你。叔父再怎么顽固不化,我也要将你引见给他。"

见兼辅信誓旦旦的样子,玉藻欣喜地点了点头。就在两人紧贴在一起耳鬓厮磨之际,有脚步声穿过林间向这边而来。兼辅略显慌张地回头看去,只见来人三十开外,身形瘦削,脸色有些苍白,却有着当时

———————————

① 即《提婆达多品》,是《妙法莲华经》中的一品。

朝臣中罕见的一双锐眼，露着精悍之气。此人像是故意捣乱似的，穿着让人联想到净衣①的白色直衣和同样洁白的奴袴来赴今日的盛宴。

来人便是今日设宴的主人忠通的胞弟，宇治②的左大臣③赖长④。此人相当博学，令其师信西也倍感惊愕。赖长常指责醉心和歌的兄长忠通文弱无用，而自己则霸气难抑、野心勃勃。被这样的人物用锐利眼神一瞥，兼辅顿觉背后发寒。再加上在这种场合下被撞见，令他越发乱了方寸，后背直冒冷汗。

"呵，原来左少辨在这里啊。"赖长语气亲和，和那双可怕的锐眼极不相称。

即使如此，兼辅依然忐忑不安。他辩称自己为了醒酒才来到河边，赖长眼中带着一丝嘲讽的笑意默不作声地听着。被坏了兴致的兼辅与玉藻对视了一眼，飞快地逃离了此处。赖长看都没看留在原地的玉藻，无言地仰望着在浅浅的霞光中暮色渐沉的春日夕空。风大了起来，落樱如雪，将他白色的身影笼在其中。

"左大臣大人。"玉藻端庄地向他问候。

"何事？"赖长平静地回过头来。

"似有风暴将至。"

---

① 神事法会上主持宗教仪式之人所穿的狩衣，全白、无花纹。

② 京都南部区域，古来交通要地。

③ 太政官官名，位于太政大臣之下、右大臣之上，总管太政官政务。又称左丞相、左府等。

④ 藤原赖长（1120—1156），平安时代后期贵族，精通汉学。与兄藤原忠通争权夺势，后兵败死于保元之乱。

"那这些花便也只剩这两三日的生命了。你和兼辅在此说些什么?"赖长笑着问。

"正在向兼辅大人请教歌物语①的典故。"

"是在讲解恋歌吗?"

"是。正想托兼辅大人为妾身牵线……"

赖长一贯不喜这些儿女情长之事,但面对眼前这位楚楚动人的才女,又无法回应得过于无情,便勉强应和着说:"佳人如你还要托人说合吗? 想要恋人还不是手到擒来。"

"只可惜妾身是痴心妄想……"

玉藻郁郁寡欢地叹了口气,偷眼看着赖长。她眼带柔情、魅惑诱人,看得赖长不禁有些魂不守舍。

"哦? 痴心妄想? 看来这事确实令你为难。若以兼辅一人之力不足以成事,赖长愿助一臂之力促成良缘。对方是谁,不妨说来一听。"

"在您的面前说不得。"玉藻将浅紫色小袿②的袖子抱在胸前,俯下身子,颇有苦不堪言之意。狂风摇晃着樱树梢头,呼啸而过。

"在我面前说不得? 怎么我在你眼中还不如那兼辅可靠? 这倒是出人意料。"赖长反而被勾起了兴趣,朗声大笑。

淡紫色的长袖后重又露出玉藻白皙的脸。她妩媚娇柔地低语道:"是可靠还是不可靠,全凭大人的一颗心。"

_____

① 以和歌为中心的故事集。

② 平安时代以后,贵族女性取代唐衣所穿的上装。小袿为广袖,常做日常装和准礼服。

"哼,不必和我打谜语。世上再没有比我赖长更可靠的男人了。无须遮遮掩掩,挑明了说吧。"

"那妾身就直说了,"玉藻略显踌躇,终于像是下定决心,开口道,"他是关白大人的近亲,才望高雅、举世闻名……在如樱华般的绚烂高贵中,又可见梨花般的高洁无瑕……妾身不能再往下多说了,还请您见谅。"

赖长如梦初醒,目不转睛地看着玉藻,剑眉微颦。突然他一歪肩膀,讥讽地笑了起来。

"哦哦,明白了。这么说,你是想托兼辅为你向那人牵线搭桥。"

"妾身还没来得及向兼辅大人明说……"

"就被我妨碍了是吗,不过这反倒是幸事了。别说兼辅,哪怕你请来关白大人、信西入道,请来所有人说合,都成全不了你这份心意。"

"不能吗?"

"不能、不能。此等儿女情长事,你还是去找兼辅那般柔弱之人吧。"

说完他便要离去。玉藻拦住他,突然扑进他的怀中。

"正因如此,妾身才说自己痴心妄想啊!"她如泣如诉,声音瑟瑟发抖。

"用痴心妄想都不足以形容,"赖长依然笑中带讽,"想成就此恋情,你还不如去谋取天下更容易些。你要有自知之明,这终究是成不了的事。"

他一把揉开女子那如蛇般缠绕在他胸口的黑色长发,快步走向远处的亭子。

玉藻依在樱树边,故意大放悲声。然而当察觉那人已经远去后,她仰向天空,露出极为可怖的笑容。她一边厌烦地用扇子拂去飘落在脸上的花瓣,一边悄无声息地向宴席处走去。此时暮色已深,女官和青侍们在长廊上提灯而过,浅红灯影在树木间摇曳穿梭。

"哎呀,玉藻前,你在这里啊。"

织部清治刚才一直在奉主公之命寻找玉藻的下落。二人虽同侍一主,但玉藻深受恩宠,被膝下无女的忠通当作亲生女儿看待,因此清治对她也格外敬重。玉藻停下脚步,低垂着头,似乎唯恐被他看见自己的脸。

"大人一直在找你,快点过去吧。"清治反复催促道。

"妾身不想去。请原谅。"玉藻两袖遮面,站着一动不动。

这不寻常的举动令清治走近想要细问究竟,却只得到了哭声的回应。玉藻推托自己心情不好,不想回宴厅,只想找个远离人群的僻静亭子稍事休息。清治听了更为担心,问她要不要请医师过来,却被玉藻婉拒,她称自己只想离群独处,暂舒心头苦闷。可清治觉得不能放任不管,便回到主公面前叙述经过,忠通听了也皱起眉头。

"这可从未有过,她到底怎么了?"

他离席和清治一起寻找玉藻躲藏之处,在最偏僻的一间亭子里发现她扑倒在昏暗之中。

"听说你心情不好,怎么回事?"忠通走近她,从身后越过她的肩头看去,不由得大吃一惊。只见玉藻匍匐在地,脸紧挨着地面,呜呜咽咽地哭着。清治也吃了一惊,主仆二人面面相觑,一时说不出话来。

"哈哈,这是叫谁给欺负了?"忠通微笑着问。

宴席从白天一直持续到此时,众人皆醉。忠通猜想可能是酒醉花迷的某个年轻公卿一时忘形,趁着暮色微暗扯了她的衣袂,或者趁机摸了她的长发。虽是下流的恶作剧,但想到楚王绝缨①的典故,忠通作为宴客的主人在今天这种场合也不便深究。这时清治也想到这点,刚才的不安一扫而光,嘿嘿笑了起来。

"原来就这么点儿事啊,这有什么稀奇的。要是一一追究,今晚哪能有几个清白人。"这位平安时代的家臣暗自腹诽。

为效仿唐土桃李园②的风雅,今夜本就有秉烛夜游的安排。因此各宴厅均灯火通明宛如白昼。尽管已在这春日里嬉闹了一整天,仍有意犹未尽之人贪一晌之欢,虽然最终都会醉倒沉眠或力竭瘫软,但在此之前他们仍会彻夜狂欢。朗咏③和催马乐④之声隐隐可闻,亦有年轻女子的朗朗笑声传来。在这喧闹春夜的微暖空气中,只有樱花静默无声、独自散落。

---

① 典故出自《说苑》。楚庄王宴请群臣,美姬作陪。烛火突灭,有大臣趁黑拉扯美姬的衣服,被美姬揪下帽缨。美姬求楚庄王立刻点灯查明此人,楚庄王却命所有大臣扯下帽缨后才点灯。两年后,这位大臣大败晋国军队,以报当年庇护之恩。

② 典故出自李白骈文《春夜宴从弟桃花园序》。李白与众兄弟春夜聚会,饮酒赋诗。后明代画家仇英据此画《春夜宴桃李园图》。

③ 此处指日本的一种雅乐,它由平安时代的贵族给诗文配上雅乐旋律而成。

④ 日本古歌谣之一,平安时代将民谣用雅乐风格重新编曲而成。

"好了,快来吧。宴席间若是没有你就太寂寞了。大家都说玉藻前才是他们齐聚一堂想要观赏的繁花。在夜烛映照下,你的美貌定会更加光彩照人。来,来吧,随我回热闹之处……"

忠通伸手做出搀扶的姿势,玉藻便抑住悲声站了起来。忠通和清治一前一后地将她护在中间,三人静静地穿过昏暗的长廊。春月本朦胧,但今夜似乎又格外暗淡了些,抬头仰望,那伸展到屋檐边的花梢也泛着一层隐隐的白光。

# 三

　　刚一点灯，赖长便离席回去了。没了令人生畏的人在场，年轻人便愈发放肆起来，特别是左少辨兼辅长出了一口气。因为心里有鬼，他总觉得赖长瞪着他，所以尽量躲得远远的，而赖长一走他便无所忌惮了。他想回到玉藻身边，再诉刚才被打断的衷肠，于是以酒醉为由，晃晃悠悠地起身离去。

　　"哎呀，小心！"

　　借着酒意，年轻的女官们纠缠上来，他一反常态，有些厌烦地推开她们，独自来到朦胧月夜中的庭院，他到处乱走，却遍寻不见欲寻之人的身影。设宴的各个亭榭楼阁半隐在树木间，他如同觅食的狐狸，心神不宁地向每个宴厅里窥视，然而每一盏灯下都不见玉藻灿烂的容颜。他失望地回到原先的宴厅里，女官们便又迫不及待地将他团团围住。

　　他所在的宴厅是最宽敞的一间，宾客中较为尊贵之人大多在此席间落座。兼辅又被按回稻褥上,并遭众人强行劝酒。他虽自矜千杯不醉,但也经不住从白天喝到现在,逐渐感到头重脚轻,便毫无顾忌地枕在身旁年轻女官的膝上,小声哼着朗咏。不止兼辅,整个席间都横七竖八、狼藉一片,因不胜酒力而坐不住的年轻男子越来越多。只有韶华已逝、神情落寞的年老女官还在檐廊边百无聊赖地仰望着月亮,而眉目如画的青春少艾们则都忙着照顾她们心仪的男子。席间时不时地爆发出阵阵笑声,连这宽敞的宴厅也似乎为之震动。

“今日怎么没见信西入道啊?”一位年轻公卿想起了什么似的说,“恐怕那个老入道讨厌这种聚会,称病推辞掉了吧。”

“宇治的左大臣大人也已经回去了。”他身边娇媚的年轻女官说。女官随意地坐着,梳拢着散落的鬓发。

“那位大人等闲可不会接近这种场合,今天是看在其兄的面子上才勉为其难前来,一直忍到日暮才走。左大臣也好,信西入道也好,我们可都应付不来。光是被他们用锐利的眼神盯着都觉得心里发毛、身体发冷呢。哈哈哈哈哈。”另有一人高声笑着说道。

兼辅一听,醉眼蒙眬地半坐起来附和:“确实如此,就像方才……”

话到嘴边,他又咽了回去。在座的男男女女都极为善妒,还是不要轻易泄露出刚才的秘密为妙。人们都还不知玉藻芳心何许,唯有他已知自己抱得美人归,虽满心都是夸耀之意,但公开时机未到,只能咬牙强行忍耐。

“方才怎么了? 您是被他骂了,还是被他瞪了?”被他枕着膝的女子边问边用薄薄的麻纸①拭去口红。

"不,也没什么,只是在院子里擦肩而过,吓得我赶紧逃开了。"兼辅笑着搪塞道。

这么一说,他又想起了玉藻。他直起身,环视宴厅的各个角落,依然没有看到形似玉藻的身影。他心中浮出一丝不安,难道有人将玉藻诱至什么隐蔽之处,逼她像回应自己那样唱和恋歌吗?他打算再去庭院一趟,起身刚要离席,却见一个高大的男子逼至眼前,一手拿酒瓶,一手拿着素烧酒杯。

"左少辨要往哪里去?实雅前来敬酒,快喝了这杯。"

男子一屁股坐在兼辅面前。此人是少将②实雅,酒品素来不好。兼辅为难地摇头拒绝。

"我已经不行了,饶了我罢。"

"你怎么这般没出息,"实雅强行把酒杯放在他面前,"若不喝了这杯,就罚你在我喝光这瓶酒期间吟诵和歌百首。"

"不不,诗也好歌也罢,此刻我都有心无力。你看我真的醉了,还请原谅则个,饶了我罢。"兼辅动作滑稽地伏在地上赔罪,模样仿佛一只青蛙。

"哟,你竟会向我实雅求饶。不过光这样还不能放过你。你这家伙还是在此老实交代吧。"

兼辅一惊。看着他慌乱的神情,实雅笑得前仰后合,他打趣道:

---

① 用麻做成的纸,在古代日本非常贵重,通常用来抄写经文或撰写重要文书。
② 近卫府的下位次官。

"怎么,还不交代? 你刚刚在河边和谁说话了,还不从实招来?"

兼辅更加惊慌。他一方面开心得想笑,但另一方面又像被刺中般感到苦涩。他不知该不该坦白,于是故意佯装不知惹对方着急。

"你定是看错人了。我从白天起就坐在这里寸步未离。"

"才不是呢,骗人!"

女官们从三个方向围住他,叽叽喳喳地你一言我一语地反驳起来。

"别说白天了,您日暮时还在庭院里转悠呢……刚刚不也正打算出去吗!"

"你看,"实雅摸着鼻下的薄须,重新瞪着他,"事到如今,你还要狡辩说没做什么见不得人的事吗?"

"纵然你这般指责,不知道的事还是不知道啊。"兼辅笑着打算起身离席,却被女官们团团围住,到处都是玉手纤纤,揪住他的长袂和衣服下摆不放。

"不行,别想逃,这次得由我们说了算。快说,您到底和谁说话了? 一定要把话说清楚!"

半是嫉妒,半是逗趣,涂着黑齿的女人们七嘴八舌,纷纷用高亢的声音叫嚷着责令兼辅坦白。她们将他平展的直衣乱揉一气,还肆无忌惮地拉扯着他的袖子和衣袂。女人们袖中的熏香、头发和发油的味道混成一团,在周遭弥漫开来,就连早就习惯了女人香的兼辅也觉得透不过气来。

实雅瞪着五官挤在一处的兼辅那副苦恼样子,心中愈发嫉妒。不经意间,他看了庭院一眼。

"哎呀,狂风来了。"

果不其然,摧枯拉朽的疾风骤至。朦胧月色瞬间暗如灯灭,遮天蔽月的黑暗中只听得风声肆意呼号。繁花虽惯经风雨,但还是抵挡不住这来势汹汹的疾风,似要一夕落尽。人们极其惶恐,以为鞍马山①的天狗倒木②已来至此处大发神威,宴厅里的笑声顿时消散。女人们掩面卧伏在地。狂风亦冲入宴厅肆虐,像是要夺走所有的光亮般,依次扑熄所有灯火。

不见五指的黑暗中,男人们敛声屏息,女人们却抑制不住抽泣之声。屋外风谲云诡——狂风呼啸,黑云低低地压向屋顶。人人丧胆失魂,唯恐是天狗因嫉妒人间的无尽欢乐,要连人带屋一起抛进近在咫尺的深渊之中。此时,一位机敏的老人高喊:"总之要先点灯,把灯点起来!"

只是那声音被狂风吹散,无人听见。在席间侍奉的关白家仆从和侍女们都惊惧得无法动弹。什么大将、少将,在这令人胆裂魂飞的强敌面前也都怛然失色,伏在地上瑟瑟发抖。那位实雅自然也不例外。

"好惊人的狂风啊。"

忠通紧盯着屋外的黑暗喃喃自语。他正巧带着玉藻走到此处。

---

① 位于现京都左京区,山腰有鞍马寺,传说源义经曾在此修行。

② 指没有任何征兆却突然发出如暴风般的巨大声响,比如物体倒塌声等。原为山中莫名的巨响,被认为是天狗发怒推倒树木。

清治也用袖子按着头上的乌帽子，不安地说："这狂风真叫人胆战心惊，到处都黑漆漆的。"

"黑成这样成何体统？还不快点灯来。"

"是。"

清治奉命刚要折返取灯，一阵强风扑来，直刮得他脚下不稳，像被劲风压弯了的芒草一般，他双膝一软跌倒在地。忠通也险些摔倒，用扇子遮住脸烦躁地喊："点灯……点灯！快点灯！"

就在此时，宴厅内却又骤然明如月夜。人们本以为劈来了一道不合时节的闪电，却发现光芒久久不退。在这光芒的映照中，忠通靠着的拉门上的图绘，宴厅里的杯盘狼藉，以及呆若木鸡的人们身上衣服的颜色，都鲜明可见。

这照亮黑暗的光芒诡谲怪诞，竟是自玉藻身上绽放而出。她如身有光晕的佛陀，披辉而立，璀璨光明。

法性寺

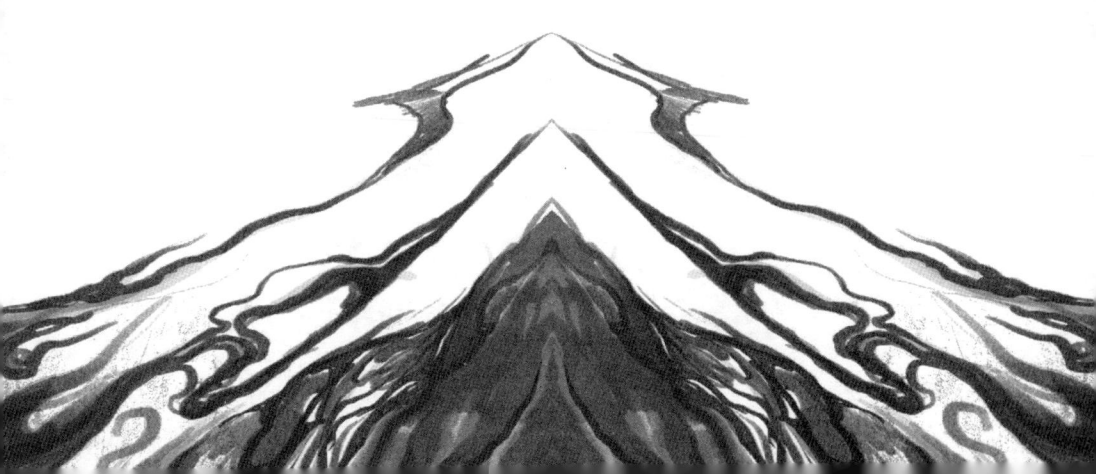

# 一

"哦？赖长那厮……真的说了这种话？"

关白忠通因宿醉而苍白的额头上青筋暴露，他将扇子插在双膝间，保持着这个姿势听完了跪伏在眼前的美人儿哭诉。这是花之宴翌日。从昨晚就酩酊大醉的宾客们直到日上三竿才渐渐退场，占地广袤的山庄如今悄无声息，连主人的一声轻咳都能传至远处的亭榭。拜暴虐的夜风所赐，庭院中目之所及处均铺满了洁白的落英。

"神明在上，妾身发誓绝无半句谎言。"玉藻抬起婆娑的泪眼，带着几分小心窥探主公的脸色。

"赖长那厮平素就恃才傲物，会说出这种话倒也不稀奇。"

忠通说话时虽故作镇静，玉藻却分明听出他的尾音在颤抖，有着按捺不住的愤怨。两人的对话一时中断了。

忠通昨夜也醉倒在山庄中，宾客们都走得差不多时才晕晕乎乎地醒来。因宿醉未消，他在玉藻的服侍下进了些粥，又在香炉里点起香味浓郁的熏香，就在他心旷神怡地闻着香味，恍惚间几乎又要沉沉睡去之时，却被玉藻扰了好梦，听了一通出乎他意料的控诉。据玉藻说，昨日傍晚正值花之宴行至高潮之际，她站在河边看流水落花，不想主公之弟赖长也来到此处。他看起来并未喝醉，却抓住她调笑，言语甚是轻浮。对方是主公之弟，又是朝中重臣，玉藻自知不能无礼地推开对方径自离开，便得体地与其周旋。没想到赖长得寸进尺，不仅动手动脚，甚至意图不轨。

"若只是如此，妾身自己受点委屈，无论如何也会忍耐的……"玉藻委屈地强忍着眼泪，继续控诉。

据玉藻所说，赖长不光对她轻薄无礼，更夸夸其谈、大放厥词。他声称兄长忠通非执掌天下的将相之器，不过是一介柔弱歌人罢了，现在虽以一族之长自夸，但很快就会被他赖长取而代之，拱手让出天下大权，在亲手建立的法性寺里度过残生。其后赖长又问玉藻侍奉这样一位没有存在感的主公有何意义，俗话说背靠大树好乘凉，何不转而投靠他赖长呢。"抛弃兄长，从了我吧。"赖长对忠通的侮辱和诅咒不堪入耳，一副对夺走玉藻势在必得的样子。

听到这样的控诉，就算是关系很好的兄弟也难免心生嫌隙，更何况忠通和赖长因为性格迥异，向来貌合神离。忠通早前就依稀听说赖长看不起自己的文弱。在成为一族之长后，他也曾猜忌过一向矜才使气的赖长会不会因妒生恨。赖长在昨日宴席上也一直阴沉着脸，还兴味索然地中途退席，令忠通实在败兴。这些事情堆叠在一起，宠姬玉藻的哭诉便成了最后一根稻草。忠通由此认定赖长的确存有不轨之心。

"可恶至极!"

他在心中痛骂弟弟。宿醉未醒的头昏昏沉沉,就连头上戴着的乌帽子也令他感到格外沉重。夺权篡位,是为人弟者第一不可饶恕之罪;觊觎兄长宠姬意欲攫为己有,是为人弟者第二不可饶恕之罪。纵然自己性情温和也实难压下心头怒火,更何况近来随着他愈发趾高气扬,脾气也明显暴躁起来。忠通怒火中烧,但也知道以自己今时今日的地位,断不能仅凭一名侍女的一面之词就公然向赖长发难。他只能强忍满腔恨意,暂待时机。

于是他安抚玉藻道:"我对赖长那厮深恶痛绝,但身为藤原氏之长应尽量避免阋墙之争,不能称了赖长之意。轻薄你的事就当作酒席间的玩笑吧。我也姑且忍耐一时,等着看他真心究竟如何。"

这番话与其在安慰玉藻,不如说是宽慰他自己。玉藻低垂着头,而忠通勉强挤出落寞的笑容,凝视着玉藻前的一头乌发。

"妾身什么委屈都能忍。只是,若左大臣大人真有要凌驾于您之上的野心……"

"不,无须担心。他虽总是辱我文弱,但我才是藤原氏一族之长,亦安坐于关白之位。他再怎么狂妄跋扈,也休想撼我分毫。他算什么东西……"忠通用走调而高亢的声音说道。

接着,他又像是想要薅头发似的,双手抓住乌帽子的边沿,重重地往头上摁了二三次。见他的精神越来越亢奋，玉藻神情凄楚地偷瞄着他，不经意间，晶莹的泪珠扑簌簌地从她眼中落下。

"怎么了，你哭什么？还是忍不了吗？"忠通注意到了她的眼泪，语气中略有责怪之意。

"就像妾身刚刚说过的，妾身什么委屈都能忍受，可是……"

"不要再说了。我自有考量，不用你来操心。"

虽脸色愈发苍白，但忠通的眼中却闪烁着决心已定的光芒。

"只不过此事万不可透露给旁人。"

"是。"

两人再次相对而望。今日与昨夜完全不同，连一丝风也没有。尚未凋零的樱花不时寂然飘落，不知何处传来莺声啁啾。

这日午后，忠通从桂之里回到府邸。他称昨日待客过于疲惫，屏退左右独处一室，但到了上灯时分，他却又让人叫来了少纳言信西。信西入道没太在意，以为是和往常一样探讨歌物语，便在门外不急不忙地等着传唤，却听见忠通急不可耐地喊他入内。还没等信西为昨日未能赴宴道歉，忠通便唐突地开口了。

"我就开门见山了，入道，近来赖长可曾拜访过您？"

"时常前来。"

"他的学问可有精进？"

"进步神速，常令老朽叹为观止。近来时常不知谁是师父、谁是弟子，令老朽深感汗颜。"

信西咧嘴微笑,听的人却半点也高兴不起来。

"调达①对八万法藏②倒背如流却终入地狱,可见若根本志向误入歧途,再大的学问都毫无意义,更别说还有因学问惹祸上身之例。在我看来舍弟赖长亦是如此。若他再去府上拜访,望入道您能劝其勿再钻研学问。"

信西素来有个习惯,无论善语恶言均不随意答复。他今晚也同样沉吟不语,忠通因而有些急躁。

"知弟子者莫若师,您最了解他为人。他素因才智自满,若学问上再研精钩深,恐怕更会目空一切,难免以后不会走上邪魔外道,做出不可弥补之事。我恳请您劝他不要再做学问了。"

实际上信西也对赖长有此忧虑。赖长才学非凡且精明强干,信西对他的前途总隐隐感到不安。从这层意义上来说,他与忠通的意见一致。可他没能从忠通今晚的语气中听出一丝一毫的温情,这位兄长并非真为弟弟的将来着想。

老入道信西很快便看透了其中真意。看来,是兄弟不和引起了兄长的愤怨。

"您的话不无道理。但若没有更具说服力的说辞,想要令他放弃他所痴迷的学问……"

"不行吗?"

---

① 指提婆达多。他随佛陀出家,勤学不怠,却因未得圣果渐生恶念,率五百徒众脱离僧团,数次加害佛陀欲取而代之,均告失败,最终殒命堕入地狱。

② 八万四千法藏的简称,指佛所说全部教法。

信西双目微闭,既不肯定,也不否定。在他的沉默中,忠通心急如焚,终于按捺不住向他抖出了赖长走上邪魔外道的证据。

"入道还不知道吧,赖长正在暗中活动,想要推翻我这个兄长取而代之。"

"绝不至于。"信西当即否定。

"不,我有证人能证明他亲口说过。"

忠通似乎忘记了要对旁人严守秘密一说,自己一股脑地说了出来。

"证人是谁?"

相比信西的波澜不惊,忠通倒显得有些面目狰狞。

"证人就是玉藻。他昨天轻薄玉藻,肆无忌惮地将那些大逆不道之言说漏了嘴。"

"哦,是玉藻啊……"

和忠通一样,信西的眼眸中也闪过一道锐光。

# 二

　　两日后,左少辨兼辅遣人来找玉藻。他为兑现此前约定,打算邀玉藻次日前往法性寺。玉藻欣然回信应允。第二天她获得主公的许可,和兼辅一起前往法性寺参拜。

　　那日天色略阴,昏沉欲睡的天空下,庄严大寺的瓦顶高耸入云。进了寺门,只见长长的石板路上落满了白花,两三只鸽子在其间觅食,叨啄着花瓣。

　　因为有叔侄这层亲近关系,兼辅直接进到最里面的书房,和隆秀阿阇黎相对而坐。阿阇黎是位年近花甲的老僧,朴素得不像是关白家所兴建寺庙的当家人,但他是得道高僧,被天下尊崇,因而不怒自威,就连和他关系亲密的兼辅也不自觉地在他面前低下头去。

　　"左少辨大人,多日不见,别来无恙。今日是只身前来?"

　　"不……"兼辅有些吞吞吐吐。

　　"那是结伴而来?"阿阇黎像是突然察觉到了什么,紧盯着侄子的脸，"你该不会携女子前来吧？"

被看破后，兼辅更觉心虚。不过他早有了会看到叔父臭脸的觉悟，索性也就不再隐瞒。

"此女并非旁人，是在关白大人府上奉职的玉藻。"

他搬出关白，试图震慑住顽固的叔父，没想到当即被反将一军。

"就算是关白大人府上之人，我不见女子的原则也绝不会变。你转告她，我不会见她。这一点我想关白大人也很清楚。"

换作平时，兼辅早就退缩了，但今天他却厚着脸皮，不愿让步。他提及玉藻告诉过他的《提婆品》，举了八岁龙女即身成佛的例子，劝老僧说即便是罪孽再深重的女子，也应看在这虔诚之心的分上，给她一次在座前聆听教化的机会。可纵然他再三恳求，这位叔父却固执得犹如一块顽石。

"你无须再白费口舌。转告那女子，我不会见她。"

"那是叔父您不了解此女的缘故，您一定以为她和世间普通女子一样，所以才唯恐避之不及，可这位玉藻……"

"不，我大致听说过她，据说是位举世罕见的才女。但才女也好贤女也罢，在我眼中均是女子而已。见面无益，不见为好。"

无论好说歹说，老和尚都不为所动，兼辅也无计可施了。事到如今，他有些后悔自己轻率地做出了承诺，觉得无颜去见玉藻。见自己这个食古不化的叔父果然难以说服，兼辅束手无策，暗暗地叹了口气。就在这时，他看到本该在远处入口等待的玉藻不知何时竟已经拖曳着及地的裙裾,沿着木廊走了过来。

兼辅吃了一惊。阿阇黎目不转睛地紧盯着在眼前现身的美艳佳人。玉藻恭恭敬敬地拜倒叩头。

"久仰大师之名,今日初次拜见。"

老僧并未回礼,兀自沉默地数着念珠。

"想必大师已从左少辨大人那里听说了缘由。妾身生为女子,自知罪孽深重,唯恐来世万劫不复。若佛祖教义所言不虚,则应众生平等,求大师无论如何救妾身出苦海。"玉藻乞哀告怜,形容凄切。

因今日要来参拜,玉藻特意只略施粉黛,胭红粉白均点到为止,反而平添几分姿色,更显仙姿玉貌、容光焕发。当见她泪眼婆娑、赔着小心窥察自己的脸色时,老僧竟也心生动摇。面对眼前瑶池仙子般的女子,他不忍再去斥责和拒绝。

"你当真一心期盼接受教化吗?"阿阇黎的语气缓和了下来。

玉藻并未回答,而是伸出手去。一串水晶念珠在她雪白的手腕上闪闪发光。

"那么,此前可曾诵读过经文?"阿阇黎又问。

玉藻坦然回答,自己素来愚钝,却也拜读过几卷经文。于是阿阇黎随意出了两三个问题试探,她都对答如流。再往深奥处一问,更发现她的见解卓尔不群。阿阇黎本以为她即便再虔诚也不过是一介女流,更何况年纪尚幼,没想到自己苦心修行五六十载方才领会的佛学教义,她却如此轻而易举地领悟了。阿阇黎惊愕不已,顿觉得此女乃菩萨转世。世上有女子如斯,自己却一直鄙夷、轻视、厌恶女子,时至今日阿阇黎方觉自己目光狭隘,直感到痛心疾首,不由得长叹一声。

"你受教于何人,修业竟达如此地步?"

玉藻回答,自己除了幼时随父亲习读经文外,还跟着清水寺的和尚学过一二,除此之外并未潜心修行过佛法,对此甚感羞愧。

"妾身这般修行浅薄之人,能否拜于高僧座前聆听教诲?"

"当然,当然。"阿阇黎连连点头,"即使是女子,若都有你这般慧根,僧家反而求之不得。若有闲暇,你随时可来。"

一旁的兼辅万没想到叔父态度突然缓和,也暗暗松了一口气。他对自己将这位才女引荐给叔父一事感到骄傲。与此同时,他得意地摸着唇边浅浅的须髯,为战胜了顽固的叔父而倍感愉悦。

"叔父大人,女子禁入本寺的规矩从此可算解除了?"

"因人而异,"阿阇黎也笑了起来,"天下哪还有女子能如她一般?"

说着,他和玉藻四目相对。本已是枯木朽株的老僧指尖竟微微颤抖起来,晃得念珠咔咔作响。但兼辅光顾盯着玉藻看,似乎并没有察觉。

"那么妾身先行告辞,后日再度拜访,请您一定拨冗赐见。"

约好了下次拜访的时间后,玉藻从阿阇黎眼前退下。兼辅也一同站起身来。阿阇黎走到檐廊前目送他们远去,只觉得全身如枯木逢春一般气血涌动。他仰望着阴霾的天空,眼中有火,心醉神迷。春风送暖,拂动了他的法衣。不知为何他连叹了几声,如痴似醉地迈动双腿往正殿方向走去。虽是白天,但佛坛深处依旧昏暗,烛火轻摇,香烟缭绕,阿阇黎静默地在这神秘的氛围中端坐。

他打算像往日一样念诵观音经,却诡异地如鲠在喉,倒背如流的经文怎么也念不出口。他只觉得心潮涌动异常,不经意抬头看去,却见正面所对的如来圣像竟幻化成玉藻娇媚的脸,巧笑倩兮。阿阇黎如被附身,体似筛糠瑟瑟而抖。他终于忍受不住,发狂似的大喊大叫,将徒众招来。

"事出有因,汝等须齐声高诵观音经。"

众僧并排端坐,齐声诵经,念珠在他们的拨动下哗哗作响。阿阇黎本打算借此带出自己的声音,也一起张口欲诵,舌头却始终无法自由活动。他的心中澎湃难平,怪诞至极。

"增烛!焚香!"

他痛苦地嘶喊着。添上许多蜡烛后,佛坛光亮一片。如来佛祖的圣像被香烟缠绕,旋涡般的烟雾中浮现出一张完美无瑕的面容,仍旧是玉藻的笑颜。阿阇黎掷下念珠,急得几乎跳将起来,额上汗如雨下。

"敲铜锣!鸣铙钹!"

他用尽一切手段,想要压制不断翻涌上来的妄念,却均告失败。他越是焦虑不安,心中的熊熊业火便越发旺盛,仿佛要烧化他的菩提心。在他眼前,玉藻的姿容一直没有消失。他平素曾嘲笑志贺寺上人①的执念,没想到今日亦应验在自己身上。阿阇黎因自己的肤浅和

---

① 典故出自《太平记》。平安时代前期,有位叫志贺寺上人的高僧在年老时对京极御息所(宇多法皇妃)一见倾心,为求一面之缘,不惜放弃毕生修行。

可耻而潸然泪下，此时庭院中雨落纷纷，似与他同哭。

　　他用法衣的衣袖抹去眼泪，又一次惶恐地抬头看去。如来佛祖的脸仍是那美丽的玉藻，至此，一代名僧的高贵德行终毁于一旦。

# 三

"今日劳您费心了。"

出了法性寺大门后,玉藻向兼辅道谢。兼辅还在对今日之事沾沾自喜。

"连顽固不化的叔父都对你难以招架,更何况向来心软的我啊。你就成全我吧!"

他紧贴着玉藻的肩膀,凑过脸去嗅着女子的发香,在她耳边低声细语。玉藻微微羞红了脸,笑意盈盈。

"您又说这种话戏弄妾身了。妾身如道边的杨柳命运随风,今日向东,明日向西,只能随风拂动,因此您的心软不免叫人心中忐忑。您处处留情,不是和这家的女侍,就是和那家的闺秀,和您这样声名狼藉的风流公子相恋,真不知妾身会落得何种结局。"

"怎么会,怎么会,"兼辅轻声而有力地说,"往昔是往昔,今朝是今朝。兼辅的恋人从今往后只你一人,纵然有令鸭川①之水倒流之法,你我也永不分离。"

"若此话当真,妾身自是喜不自胜。可欢喜之余,仍另有一份担忧,像妾身这般无足轻重之人,不知是否会给您招来飞来横祸?"

"飞来横祸?何出此言?"

见玉藻低头不语,兼辅便又扬扬得意地说:"和你相恋自会招来嫉妒……对此我已有所觉悟。更何况若不遭人嫉妒,谈情说爱又有何意义?被人嫉妒是我的荣幸,为此招惹祸事也心甘情愿……我早有此觉悟,为爱舍命也在所不惜。"

"若如您所说,"玉藻轻轻地叹了口气,"那为何您却坐视自己身边有祸影如蛇紧随呢?"

"那我问你,你所说的祸影是什么?祸源又是何人?"

"是少将大人。"

"你是说实雅?"兼辅瞪大了眼睛。

玉藻悄声告诉他,少将实雅早就对她有意,献上了无数恋歌和情书,但她从未有过任何回应,实雅因而恼羞成怒,恶言恐吓,声称不与他相恋便倒也无妨,但倘若被他发现她与其他男子亲近,他一定会亲手了断那人性命,大不了同归于尽。他虽是朝臣,但家中代代都是武人出身。尤其他那一根筋的性格真能说到做到。玉藻说唯恐由于自己的缘故,令兼辅惹祸上身。

---

① 横穿京都东部的河流,汇入桂川。贺茂川和鸭川分别是同一条河流上下游的名字,现在正式名称为鸭川。

兼辅一听,觉得也不是毫无迹象可循。就在关白举办花之宴那日傍晚,实雅似乎偷听到了自己和玉藻之间的谈话,还假借敬酒之名向他逼供。当时实雅虽若无其事地笑着,可那笑容中恐怕已暗藏杀机。说不定对方起杀心与否就取决于自己当时的回答。这么一想,兼辅顿觉毛骨悚然。懦弱的他仿佛感到自己已被实雅揪住了前襟,身上还抵着冰冷的刀锋。

一时间,两人都沉默了。他们沿着九条河原①向北缓行,眼前横亘着远远延展而去的纠之森②,在阴沉沉的天空下,林中更显昏暗。夏初繁茂的新叶似已长出,形成的黑影覆盖着这片属于圣护院③的森林。两人看向天空,心境如杜鹃啼血般悲凉,细密的雨点无声无息地落在他们的眉梢。

"哎呀,下雨了。"

兼辅后悔没乘牛车④来。因为要和心上人结伴参拜,他觉得不带随从反而轻松自在,特地徒步前来。这场突如其来的雨却令他措手不及,自己也就算了,他不想让玉藻淋雨,于是举起扇子四下张望。

"你在此稍等片刻,趁雨还不大,我去借斗笠来。"

他将玉藻安置在河滩的柳树荫下,一路小跑奔向有住家的地方。雨丝越来越密,他脚下的白色石头也变了颜色。玉藻裹紧薄薄的披

---

① 鸭川河滩名。

② 京都下鸭神社内的一片原始森林,在贺茂川、高野川交汇点附近。

③ 位于现京都左京区,是本山修验宗总本山。

④ 平安时代,公卿贵人坐牛拉的车,车顶上的装饰根据主人的地位在规格上有所不同。分公用和私用。

衣①,湿漉漉的柳叶在她纤细的肩膀周围扫来扫去,它们似乎也被突如其来的骤雨打得措手不及。

此时,有位路人将直衣袖子挡在立乌帽子的帽额前,急匆匆地跑过。当瞥见驻足在柳树阴影之下的女子时,他像是被人拽了一把,猛地止住脚步。

两人打了个照面,玉藻发现此人竟是千枝松。数年未见,他已长成气宇轩昂的男儿,英挺的脸庞更显男子气概。看他那身清雅的打扮,玉藻当即意识到千枝松已不再是昔日那个做乌帽子的少年了。

然而千枝松沉默不语,玉藻也不发一言,两人相视而立。

"是阿藻吗?"过了一会儿,千枝松走近问道。

阿藻和千枝松已有四年未见。不用说,千枝松对阿藻的情况自是知道得一清二楚。她被关白大人召至府中后集恩宠于一身,以玉藻前之名广受世人憧憬赞叹,这些事他都耳闻目睹。只不过像这样面对面交谈已时隔四年之久。他心中的怨恨与眷念交织纠缠,将它们付诸言语却不那么容易。

听对方喊出自己昔日的名字,玉藻仍没有回应。千枝松又更靠近几步,说:"现在应该尊称你为玉藻前了。你已将一起长大的千枝松忘了吧……"

"好久不见了。"玉藻这才无可奈何地出声回应。

"我听说你已如愿平步青云,你真幸运,恭喜。"

①古时日本家世较好的女子外出,要将一件衣服披在头上以遮住脸部,所披的衣服多为小袖。

他虽然说着恭喜,言语之间却带着一股怨气,可玉藻像是没察觉到似的微微一笑。

"呵,这哪是什么值得恭喜的幸运。你过去劝我之言不无道理,伺候贵人谈何容易,还望你能体谅。对了,你仍和叔父一同生活吗?"

"不,我不做乌帽子手艺人了,如今我拜在日本一位大名鼎鼎的人士门下。"千枝松自豪地回答。

"敢问尊师是谁?"

"阴阳师播磨守泰亲大人。"

"哦,是安倍泰亲大人呀。"

玉藻的脸色骤变,但须臾间又换上一副柔美的笑脸。

"有此机遇实属难得。你生性坚韧刚强,再仰仗这样一位名师,出头之日指日可待。如今你已成年,是否仍在用少年时的名字呢?"

"师父说千枝松的名字过于孩子气,改叫我千枝太郎,更将'泰亲'之名传了一字给我,自元服之晨起,我便被唤作'泰清'。"

"千枝太郎泰清……真是威风凛凛的好名字。名字一改,人的品格也就变了。我再不能将你看作是昔日的千枝松了。"玉藻露出一副感今怀昔的神情,看着已长大成人的儿时玩伴。

曾几何时,因不堪被阿藻抛弃之悲楚和疾病缠身之苦痛,千枝松想将这年轻的生命自绝于水底,可幸运的他被路过的泰亲所救。泰亲对他心生怜悯,又见他聪明伶俐,便征得他叔父叔母的同意,将其收为弟子。泰亲的赫赫声名不仅响彻平安京,在全日本也无人不知无人不晓,能成为这样一位名士的弟子可谓光耀门楣,千枝松喜极而泣,叔父叔母当然也没有任何异议。

做乌帽子的少年因祸得福,从此拜入泰亲门下,学习天文和占卜之术。泰亲慧眼识珠,千枝太郎果然不负所望,进步之神速超越了他的年龄,今年刚满十九就已远超同门,很快得到了学习传自安倍晴明的阴阳师秘法——降魔祈祷术的资格。如今,他已是泰亲的得意门生之一。

虽然不了解这些背景,可对玉藻来说,得知昔日的千枝松如今名叫千枝太郎泰清一事可谓意外的新发现。面对眼前的儿时玩伴,她脸上露出忏悔的黯然之色。

"听我说,千枝太郎阁下。想必你一定觉得昔日的阿藻很可恨吧。我当初年幼无知、鬼迷心窍,一门心思只向往去宫中、去贵人府上侍奉,决然地抛下你来了平安京。可正如我方才赘言,侍奉一事诸多艰辛令人纡郁难释,常令我想起在山科田野间无拘无束的往昔,如今更是时时行思坐忆。想必你也是如此吧。听闻泰亲大人难以相处,管教弟子甚为严厉。你朝夕侍奉在他左右,恐怕也倍感辛苦。所谓的成功、幸运虽被人羡慕,可又哪有世人所想的那般轻松呢。彼此都不过是在浮世中挣扎罢了。"

听她感慨着在过往岁月中的忍辱负重,千枝太郎的心境也变得落寞起来。对她积年累月的怨恨渐渐消散,反而生出怜悯之心。他心中执念已消,不想再去责怪她什么了。

"听闻令尊在第二年就过世了。"他沉声说道。

"是，就在我侍奉关白大人的翌年春末。在关白大人的关照下，御医用尽良药、悉心照料，奈何各人命数已定，无力回天。"玉藻湿了眼眶，似乎至今意难平。

"我师父在你家门前曾说'此乃凶宅，所住之人性命不保'，果真言中了。"

"尊师真的这样说?"玉藻眼波颤动，但很快就长叹一声，"占卜之术果然名不虚传，尊师真乃神人也。"

"这是尽人皆知之事。四年来我一直侍奉在左右，所知甚详。师父若看着天空说雨来，必会下雨，说风起，定会刮风。隔着厚厚的拉门，他能说中别人的一切行动。他还曾撕下白纸，结印掷于院中，压死了一只硕大的蛤蟆。"

玉藻听了瑟缩着身体，仿佛心有畏惧。

一阵河风吹来，低垂的柳叶随风摆动，将叶上的雨滴啪嗒啪嗒地抖落在两人身上。千枝太郎用袖子拂去水珠，又说:"就拿今天来说，师父让我带雨具出门，我却因为路近没当回事，结果当即遇此骤雨，想来真是令人生畏。"

"你也会成为令人生畏之人吗?"玉藻满心疑虑，紧盯着千枝太郎的脸。

"我不想令人生畏，但想受人尊敬。我要精进修行，至少也要成为老师首屈一指的弟子才行。"

"这样也不错。但……"

玉藻正欲说些什么,不经意看向对面,发现兼辅拿着两个斗笠沿着河滩跑来,一路溅起水花无数。

"啊,我的朋友借了斗笠回来。千枝太郎阁下,有缘再见了。"

说话间,兼辅已经奔至近旁。柳叶上的雨滴打湿了美丽的少女,在她眼前,年轻的公卿和年轻的阴阳师妒意浓浓地对视着。

采
女

一

浑身湿透的千枝太郎泰清回到了住处。播磨守泰亲的府邸坐落在土御门①,安倍一族自先祖晴明以来便代代居住于此。

"弟子回来了。"

"哦？还是淋湿了呀。怎么,没戴斗笠就出门了?"泰亲看着俯身施礼的年轻弟子戴着的乌帽子,露出一丝笑意。

"弟子未遵师命,没拿斗笠就出门了。"千枝太郎惶恐地把头压得更低了。

"无碍,吃点苦头也是修行。"

泰亲满不在乎地笑着,可渐渐地,他和蔼的眼神蒙上一层阴霾。他将扇子插在膝间,盯着弟子的脸。

"你在路上可曾遇见何人?"

①平安京路名,此处居住着很多公卿贵族。后来安倍一族的嫡系末裔改姓"土御门"。

千枝太郎心里咯噔了一下。在看透一切、宛如神明的师父面前，他全然不知该如何隐瞒。于是一五一十地说出了在河滩偶遇现已是玉藻的阿藻一事，泰亲轻叹一声："果然如我所见，你再次被妖气侵附，可要当心啊！"

一股无以名状的恐惧袭来，千枝太郎敛容屏气，不敢妄动，洗耳恭听泰亲语带怜悯的教诲。

"你还没忘自己曾被妖魔所侵，命在旦夕一事吧？那之后你一心刻苦修行，年纪轻轻便成了值得我信赖的弟子之一，不料今日再次见你面相骤变。不要以为我危言耸听，你可知你现已身现清晰的死相。我怜惜你，今天就私下将所知之事相告。但你要发誓严守秘密。"

千叮万嘱之后，泰亲说出了平素藏在心中的秘密，这秘密恰恰和玉藻有关。那年，泰亲卜出山科的玉藻家是凶宅之后，便一直留意此事，发现那位叫玉藻的美人只有外形是倾国倾城的人类，灵魂却被极为可怖的妖物占据。妖魔隐匿在她的身体里，对此一无所知的关白大人将她召至身边，宠爱有加。若这祸事只波及关白大人一人一族倒也罢了，可妖魔的野心远不止如此。今后它会广播祸种，企图将整个日本都拖入魔界的幽冥之中——说到这里，泰亲的语气愈发严肃。

"我让你当心正因此故。整个平安京除我之外，尚有一人觉察出此女并非善类，那就是少纳言信西入道。他也精通天文人相，故而对此女起了疑心，前不久遇见我时还曾悄悄说起此事。只是，若关白大人已被迷了心窍，就算我们再三进言，恐怕他也断不肯听，现在唯一能依靠的只有其弟左大臣大人。信西入道会向左大臣大人进言,当务之急是先令玉藻远离关白大人的府邸,再施行降妖伏魔秘术,将这祸害永封于无间地狱的深渊之下。不承想,你竟在这关键时刻糊里糊涂地再次接触到了那个妖魔,若是被探知了什么秘密,我们的苦心经营就会化为泡影。妖魔比人类聪明,它若有所察觉,不知又会使出何等手段。今天的不期而遇非你本意,确也无可奈何,但你千万不要幻想以此为机缘再度与那女子亲近。若你不听劝告,迟早命丧黄泉。切记、切记!"

"师父教诲,弟子铭刻于心,绝不敢忘。"千枝太郎在尊贵的师父面前发誓道。

"你真能明白其中利害吗?"泰亲眼中依然充满了担忧。

"弟子明白。"

千枝太郎心神恍惚地从师父跟前退下。回房后,他坐在桌前,脑中却混乱不堪,泰亲的这番话出其不意,内容又太过匪夷所思,令他又惊又怕。那纯真可爱的阿藻、那美丽动人的玉藻,身体里竟然栖息着可怕的妖魔,这实在诡谲怪诞到令他难以相信。他甚至一度怀疑料事如神的师父是否也会有阴翳遮目而看错的时候。

可他再仔细一琢磨,种种回忆在他心头复苏。阿藻先是行踪不明,后来又沉睡在自古便有妖魔作祟之说的古冢下。据陶匠家的老婆子说,阿藻曾站在昏暗的河边,将白色的骷髅头举在额前。而说了这话的老婆子又以极其怪异的死法惨死在古冢边。不仅如此,传闻前不久在关白大人的花之宴上,玉藻周身散放出奇异的光芒,竟能照亮暗夜。

结合种种怪事来看,认为玉藻不是普通人类并非毫无根据的幻想。

"是我糊涂了,竟然怀疑师父。玉藻定是恶魔。那时出现在我梦中的天竺、中土的魔女恐怕皆是玉藻化身。"

意识到这点后,千枝太郎吓得骨寒毛竖。他向府中女侍借来镜子,仔细端详自己在镜中的映像。可任他再怎么端详,也没在自己年轻的脸上看出死相。他哀叹一声,将镜子扔了出去。

"阴阳师参不透自己命运,就是指这种时候吧。"

钦佩之情自千枝太郎的心中油然而生,他想,师父泰亲不愧是万中无一的伟大尊贵之人。信西入道也同样了得。在耻于自己学艺不精的同时,千枝太郎对师父和信西的敬意又更深了几层。他感慨万千,自己何其有幸,不仅被这样尊贵的师父所救,还被收入门中受其悉心教诲。

"我只要一切都按师父的指令去做就行了。"此时此刻,他的心中除此之外别无他想。

说实话,此前在河滩上和玉藻分别时,玉藻因在那位刚好赶到的年轻公卿面前有所顾忌,什么都没说,但美目中眼波流转,有近日还欲重逢之意。千枝太郎心领神会,也以眼色回应了同样的心声。但现如今光是想到此事就令他胆战心惊。就在那一刹那工夫,自己便再次被妖气侵袭。他决定接下来的七天要进行斋戒以祛除妖邪之气。

好在自己还有师父可依靠——想到这里,他又觉得平添了不少底气。仅凭能力不足的自己想要打败妖魔毫无胜算,但借师父之力则必胜无疑。连师父为铲除此妖魔都要煞费苦心,自己虽能力有限,但也要竭尽所能成为师父的助力,同心协力共诛妖魔。若妖魔伏诛,不仅自己的性命能得以保全,也能让整个日本免于堕入幽冥魔界。他鼓起毕生的勇气,立志与妖魔对抗到底,并决心变得更强大、更勇敢。他彻夜端坐在桌前,专心致志地研读安倍晴明传世的秘籍。

十日之后,泰亲从外面归来,悄悄将千枝太郎唤至内室。

"听闻法性寺的阿阇黎疯了。"

千枝太郎深知阿阇黎一词所代表的深意,又一次感到不寒而栗,抬头看着师父。

泰亲又说:"想来真是令人胆寒。你在河滩偶遇玉藻时,正是在她从法性寺回来的路上。她在左少辨兼辅的引见下拜会了阿阇黎。从那之后阿阇黎性情大变,在旁人眼中如被附体、癫狂失常。别人看不出端倪,只觉得诡异惊愕,可在我看来正是妖魔作恶。它为了亡我日本佛法,腐蚀了学识渊博、德高望重的圣僧,企图溃其信仰、乱其佛心。左少辨大人在不知情的情况下糊里糊涂地做了帮凶,不知他此后会落得什么下场。"

千枝太郎这才知道那日在河滩遇见的年轻公卿是左少辨兼辅。那时他带着嫉妒之情看着对方,而今却只剩怜悯之心。

"不过也不必惶恐。泰亲生逢此时,若能以我之力镇伏妖魔、力挽狂澜,安倍一族便可万古流芳。"

泰亲所言,铿锵有力。

# 二

"听闻阿阇黎疯了。"

几乎同一时间,玉藻在关白的府邸中也说出了几近相同的话。她从兼辅的来信中得知此事,入迷地将信反复看了数遍。兼辅在信中除了提及阿阇黎的病,还说到自己今夜去法性寺探望,邀她同行。

阿阇黎和兼辅是叔侄近亲,得知叔父被怪病所扰,理应抛开一切立刻前去探望才是,他却特意借此约女子同行,而且还选在夜间。玉藻看透兼辅并非真心前去探望叔父,不过还是毫不犹豫地应允了。但她在回信中告诉对方,若总有年轻男子来邀她出去,不仅在主公面前说不过去,也会引起旁人的闲言碎语,自己更于心不安,不如相约在四条河原①见面。

等到日落,玉藻溜出府邸。此时已是卯月②,空气自白昼时便饱含

---

① 特指京都鸭川的河滩。
② 在日本,卯月指阴历四月。

120

湿气,似要落雨,日暮后更显昏暗。就像昔日现身于一条归桥①上的鬼女一般,玉藻将薄绢被衣深深地遮至眉下,溜出府邸的四柱门,刚走了约莫半町远,就见一个高大的男子冷不丁从路旁阴暗的树荫下冲出,像渡边纲一样紧紧地捉住了她的手腕。

"哎呀!"

玉藻想挣开,那男人却越抓越紧。他压低声音有力地说:"玉藻前,莫要惊慌。虽在黑暗中,但你应该听得出我的声音,我是实雅。"

"哦,原来是少将大人,"玉藻松了口气,"妾身还以为是鬼怪或贼人呢。"

"说不定我比鬼怪更为恐怖,"实雅在黑暗中讥讽地笑道,"这么晚了,你去哪里?"

玉藻伫立不语。

"是去法性寺吧,和兼辅一起……哈哈,你吃惊什么? 你们的所作所为早就传到我的耳朵里了。今晚我本打算造访大纳言师道大人,听他讲解歌物语,可刚走到四条河原便看见兼辅站在那里,像是在等人。我问他在此作甚,他说去法性寺探望叔父。他那慌张模样令我觉得很可疑,于是我走出五六间远后又折返回去,见他仍站在原处未动。我一想到他在这里等人,便意识到当是你玉藻前无疑。你不知道

---

① 京都堀川上的一座桥,附近有晴明神社。下文提到的鬼女典故出自《平家物语》。相传源赖光手下的"赖光四天王"之一渡边纲深夜过桥时路遇美女,求他送其回家。渡边纲应允后,美女化作厉鬼,抓住他的头发向爱宕山方向飞去。渡边纲用太刀斩断鬼手而逃。

吧,我抢先一步来此门前守株待兔,已经恭候多时了。事已至此你何不坦白直言?"实雅呼吸急促,强作镇定,摇晃着玉藻纤细的手腕问道。

"既然您已知道,妾身也无须隐瞒了。妾身确实和左少辨大人约好,偷偷去法性寺参拜。"

"哼,果不其然,"实雅虎躯直抖,冷哼道,"那么你上个月和兼辅那厮同去法性寺一事也是真的了?"

玉藻直认不讳,但她解释是为了聆听隆秀阿阇黎的教化才托兼辅引见,并无其他缘由。实雅却并不买账。他语带讥讽地说自己曾在花之宴时远远看见兼辅与玉藻密会,事到如今这种不高明的谎话可骗不了他。

"那么,我少将实雅想再问你一遍,可还记得你我之间的约定。既然你不接受实雅的情意,便也不能和其他男子暗通款曲。若你不能遵守诺言,我便去结果那个男人的性命……"

"妾身记得清清楚楚。"

玉藻依在实雅的手臂上,潸然泪下。她哭诉说事到如今只得将一切坦白,自己其实受兼辅逼迫,迫不得已才与他相好。她本以和实雅的约定为由抵死拒绝,然而兼辅却不管不顾,还说实雅这种蠢材不足为惧。他夸下海口称要是实雅再执迷不悟、苦苦纠缠,他一定会妥善处理,让实雅再也开不了口。在大骂实雅是酒囊饭袋、穷酸贵族、注定一事无成的同时,兼辅还强行将玉藻占为己有。身为女子软弱无力,她当场羞愧难当、痛不欲生,无奈木已成舟,她再也无能为力,今夜受他所邀，虽也犹豫不决，但最后还是只得溜出府邸。

"您一定恨妾身入骨吧，可还请宽恕妾身。"玉藻凄切地哭诉着。

"此话当真？你没有骗我？"实雅气急败坏地确认道。

"妾身怎么会骗您，神明在上……"

"很好，我心中有数了。"

说完，实雅一把甩开玉藻，如一匹暴跳如雷的烈马，沿着黑洞洞的大路狂奔而去。因他大步流星，又晃动着庞大的身躯，等跑到四条河原时已经累得几乎说不出话来。尽管如此，当透过黑暗瞧见伫立在柳树下的人影时，他还是嘶哑着嗓子竭力大喊起来："兼辅，你还在那里吗？"

见实雅去而复返，兼辅心里直打鼓。他心存侥幸，希望黑暗能助他蒙混过关，可水面摇曳的反光早就将他暴露了，实雅一声不吭地跑过去，一把拽住兼辅的直衣袖子。实雅虽是平安时代的朝臣，但毕竟是武人出身的少将，又素以力大无穷而自满。被他这样的彪形大汉用力一拉，孱弱的左少辨当即就没出息地瘫坐在地。

"好你个兼辅！早在关白大人举办花之宴那晚，我就想拧碎你这厮的脖子，没料想被一场狂风给搅和了，你非但不感谢我饶了你这条狗命，居然还跑去女人面前口出狂言。我问你，谁是酒囊饭袋？谁是穷酸贵族？有本事你在我面前再说一遍！"

"你这指控根本就无凭无据！我就是做梦也不会说这种话……"兼辅惊慌失措地极力否定，暴跳如雷的实雅却根本听不进去，只顾气势汹汹地咆哮着。

"哼，说我无凭无据……你这小子一贯爱嚼舌头，向来爱信口开河、恶语伤人，你把我实雅贬得一文不值之事，我全都知道。事到如今你这怯懦之徒还想抵赖，我自有证人作证！"

"是谁在造谣中伤！"

"哼，是玉藻说的。你今晚不是还强迫她一起去法性寺，叫她来这里见你吗？你这可恶的家伙！"

实雅对着兼辅的脸就是几拳，直打得他鬼哭狼嚎，兼辅像被孩童捉住的小猫一样，匍匐在地上，想钻过对方的胯下逃走，可实雅一抬脚就将他踢翻在地。突遭野蛮施暴，兼辅脑中一片空白。同时又夹杂着发自本能的恐惧，唯恐落入对方手中会惨遭虐杀，于是他仓皇地在自己身下摸索，抓起三四个河滩上的小石子向对方的脸掷去。趁对方一时慌乱，他跳起来就逃，却瞬间就被实雅追上，再次揪住了他脑后的头发。

实雅本就被嫉妒和愤怒冲昏了头脑，再加上眼睛被小石子掷中疼痛难忍，令他完全失去了理智。他再次踢翻情敌，一把抽出腰间所佩的卫府①太刀，只见黑暗中寒光一闪，兼辅的乌帽子被打落在地，刀尖紧挨着兼辅的鬓角斜斜地掠过。

"哇啊，杀人啦！"

未等这声惨叫消散，第二刀便已横着挥过兼辅的脖颈，尸身悄无声息地栽倒在地。实雅用脚蹬了两三下，兼辅像石块一样翻来滚去，

---

① 奈良、平安时代负责宫中警卫事务的机构。

再无一丝生气。

"哈哈,不堪一击的家伙。就凭你这副丑态也配说老子的坏话。"

胜利的满足感涌上实雅的心头,但与此同时,不安和后悔也席卷而来。死人不会说话,想编个说辞倒也不难,但棘手的是对方毕竟身居左少辨之位,自己在河滩上偷袭他难免会惹人非议。实雅心中生出一丝悔意,兼辅虽然可憎,但也不至于要痛下杀手。好在今夜的河滩漆黑一片,若是趁黑尽快离开此处,便不用落下一个杀人的口实,实雅想到这里,四下看了看,慌乱地在兼辅的袖子上擦拭掉刀上的血迹,正打算收刀入鞘,只觉得有人在身后轻轻地拍了下他的肩膀。他惊惶地回头一看,发现玉藻竟站在那里。那张白得瘆人的笑脸在黑暗中历历可辨。

"杀得好。"

玉藻表现得实在过于冷静,实雅不仅感到心中发毛。他没有说话,木然而立。只听玉藻又说:"大丈夫以手刃敌人为荣,依妾身所见,您做得干脆利落。可接下来您作何打算?杀敌潜逃,乃是懦夫所为。"

实雅被戳中痛处,心中一凛。他浑然忘了要收刀入鞘,只是呆呆地站着,如木雕泥塑一般。

"您身为堂堂男儿,又贵为少将,何不以仇人之骸为枕,自行了断方显壮烈!"玉藻厉声喝令。

此番恐怖宣言顿时令实雅回过神来,但他并不打算任其摆布。他在转瞬之间已打定主意,既然她不可能属于自己,倒不如索性杀人灭口以绝后患。他装作有话要说的样子走近玉藻,同时将手中太刀劈出,刀光闪过处却不见了玉藻的身影,这一刀竟劈空了。实雅大惊失色,左右四顾,却见玉藻面带笑容地出现在他的左边。

实雅再次挥刀扫去,依旧砍空,玉藻这回又出现在他的右边。他狂躁地持刀右劈左削、扫后砍前,像陀螺一样团团乱转,不顾一切地挥舞着太刀,却什么也没砍着。他暴跳如雷、疯癫欲狂,沿着黑暗中的河滩从东跑到西,又从西跑到东,直至力竭倒地。跌倒时,他的刀刃深深地贯穿了自己的胸膛。

鸭川之水奔流如泣,妖魔跪在漆黑的河滩上,渴饮那尚存余温的鲜血。

# 三

　　一夕之间，左少辨兼辅和少将实雅皆离奇惨死在四条河原上，没过多久，整个平安京便已街知巷闻。没人清楚到底发生了什么，只是从两具尸体的伤口来看，应是实雅杀了兼辅之后，往下游走了一段距离后自尽。

　　凶手亦死，本不该再有争议，可是武人出身的实雅素来受宇治的左大臣赖长喜爱，而兼辅则一直与关白忠通亲近。这层关系导致流言四起，甚至有人振振有词地称实雅和兼辅这桩杀人事件不仅是他们个人的纠纷，更牵扯到忠通、赖长兄弟之间的恩怨。赖长倒没怎么放在心上，但本来就已经疑神疑鬼的忠通却没法置之不理。他仔细地揣摩此事，却始终想不出到底哪一点能证明是实雅杀死了兼辅。

　　既然找不出证据，此事只能不了了之，但忠通心中却忐忑难安。尤其杀人者为实雅、被杀者为兼辅一事令他格外不快，在他看来这意味着赖长的人打倒了自己的人。忠通耿耿于怀，认为受到了来自弟弟的挑战。有此心结作祟，同时又想显耀自己的威势，忠通决定在法性寺为兼辅举办盛大的三七日①法会。

按照彼时的习俗，法性寺内并未设置墓地，但仍会举办法会。何况此寺由关白家建立，当家人隆秀阿阇黎又是兼辅俗世的叔父，忠通选择在此举办法会无可非议。唯一的问题是，有传言称应当担任法会大讲师的阿阇黎近来如被妖物附身，陷入癫狂魔怔之中。

"不知阿阇黎病情如何，你且去一探究竟。"

在主公的吩咐下，织部清治来到法性寺，看见阿阇黎宛若昔日怨念化鼠的三井寺②僧人赖豪③，正面目狰狞、披头散发地坐在寝榻上。听了清治带来的口信后，阿阇黎恭敬地颔首叩谢道："小侄无足轻重，关白大人却心系他来世的安乐，举办如此盛大的超度仪式为其治丧。大人的义海恩山，老衲唯恐不能报效万一。即使重病在身，老衲也责无旁贷，当日讲师之职请务必交由老衲担任。还请阁下代为回禀关白大人……"

他虽形容枯槁，但从应对来看并无古怪之处，清治遂安下心来，当即回府汇报，忠通听了也愁眉顿展。

---

① 人死后第 21 日，即中国所说的"三七"。

② 日本园城寺的俗称，位于滋贺县大津市，是天台宗寺门派的总本山。曾是前文提到过的延历寺的别院，后因派系斗争独立出来并与之形成对立局面。和被称为"山门"的延历寺相对，园城寺被称为"寺门"。

③ 藤原赖豪（1004—1084），平安时代的天台宗僧人，曾奉白河天皇之命祈求皇子诞生并灵验，但因天皇顾忌延历寺而没有兑现在园城寺内设立戒坛的诺言，赖豪一怒之下断食而死，后来那位皇子也病死了。民间传说赖豪死后，怨念化为数千只老鼠，将延历寺的经书尽数咬烂。

"如此一来便妥当了。当天务必要万事俱备,不得有丝毫松懈。"

终于到了法会召开之日。因为此次超度仪式是关白以治丧人身份举行的,诸公卿贵胄无论平日与过世的兼辅是亲是疏都联袂而至,齐聚在法性寺正殿。门前熙熙攘攘、车马辐辏。更有四面八方的京中百姓为瞻仰这恢宏庄严的佛事而来,男女老幼都挤在门口,挨肩并足、翘首以待。虽然才时近四月末,可这水泄不通的场面令人们的额前眉下都沁出汗来。

"嚯,来了这么多人。"人群中有个年轻人喃喃自语,他将折扇半开,举在头上遮光。有一老翁循着他的声音转过身来。

"哎呀,这不是千枝松吗?好久不见啦。"

原来是山科乡的陶匠老翁。

千枝太郎闻声面露怀念之色,向老翁那边挤去。

"爷爷!真的好久没见了。"

老翁也挤了过来,像是终于找到了可以说话的人似的对千松太郎咬耳朵:"你刚才看到阿藻没有?"

"阿藻……您今天也在这里看见她了吗?"

"可不是嘛,就在半个时辰前,她坐在一架华贵的牛车里来的,下车时被我远远地瞧见了。听说她现在的名字叫玉藻……名字改了人也就变了,她现在出落得可真是光彩照人啊,我还以为看到了天宫仙子和龙宫公主呢。她果真飞黄腾达了啊,虽然我们是她的老熟人,现在怕是根本近不了她的身啦,哈哈哈哈哈哈。"老翁和善地笑着,他几乎一点儿都没变。

阿藻——这个名字对千枝太郎来说,既刻骨铭心,又胆战心惊。她真的是幻化的妖魔吗?千枝太郎想在这青天白日之下,再亲眼确认一下她的真面目。

"不知今日的法会开到什么时候。"他自言自语地说。

"听说要到申时,"老翁说,"离人群散去大概还得有一个多时辰。"

正说着,就见前面拥挤的人群被什么追赶着似的纷纷溃散,互相挤压、推搡,老翁和千枝太郎很快就被冲散了。原来法会紧急中止,为了让贵人们能顺利离去,负责净街的杂役们正在驱赶门前的百姓。

法会为何会中止呢?千枝太郎逢人就问,却没人说得清楚。但听说在众僧诵经时,大讲师阿阇黎不知看见了什么,突然脸色大变、汗如雨下,扯断念珠投掷出去,甚至还从佛坛上跌了下来。

"难道是妖魔所为?"

千枝太郎也悚然变色,赶紧逃了回去。阿阇黎究竟看到了什么导致方寸大乱?莫不是在列席观礼的人群中看到了玉藻妖艳的姿容,致使他菩提心乱?千枝太郎哀叹于阿阇黎凄惨的宿业,同时又更为感佩师父的火眼金睛。

然而觉察到这个秘密的只有千枝太郎师徒,其他人却浑然不知。他们一味地恐惧难安,唯恐一代高僧大德陷入癫狂是中了天狗的魔障。接着,京中的市井无赖四处叫嚣,说这意味着日本佛法即将衰亡,忠通得知后更加寝食不安。他懊恼不已,自己本不必多此一举,如今扬威不得却反而有损威严。他觉得自己被看不见的敌人重重包围,来自四面八方的压迫感越来越重,直令他喘不过气,神经也愈发敏感脆弱起来。此时的他早已将热爱的和歌抛在脑后,更无心政事,最终干脆称病闭门不出。

这一年入夏后,都城的空中未曾听得一声杜鹃啼唱,梅雨却多过往年。自打进入五月之后,每日淅淅沥沥的小雨绵绵不绝,新叶才刚现苍翠欲滴之势,便沐雨而朽。杜门谢客的忠通觉得自己的脑袋沉重得像戴了铁冠一样。他总是无端动怒,无故焦躁不安,彻夜难眠。忠通很担心,如果再这么下去,自己会落得和法性寺的阿阇黎一样的下场。

家臣和侍女们皆因主公的坏脾气而终日战战兢兢,就连心腹织部清治也日日被骂。特别是想到他去法性寺时未能好好确认阿阇黎的状态,导致重要的法会狼狈收场,忠通的心情就会一落千丈。只有玉藻得到的恩宠丝毫未少,主公的情绪越难以捉摸,她就越不可或缺,如今忠通从早到晚的饮食起居都由她一手照料。

"雨下得实在太久了!"

望着雨落在薄暮冥冥的庭院中,忠通无精打采地叹息道。

"真是下个没完没了。听说河滩都被淹了。"玉藻也秀眉微颦,露出一副腻烦的神情。

"又涨水了?真是愁死人了。涨水之后总是会爆发严重的瘟疫。

洪水、瘟疫,接下来就轮到盗贼出没了,世间又会重回乱世吗？太平之春实在是太过于短暂啊。"

作为一国宰相自然要为此劳心焦思。两人又沉默下来,庭中的新叶渐渐被暗影所覆盖,青蛙在漫溢的池塘边聒噪地叫个不休。

"啊……这尘世真令我厌烦,我还不如辞官退隐,遁入空门算了!"忠通又叹了一声。

"您要出家……"玉藻语气中有了一丝责备之意,"那您出家后,会由谁继任呢？"

"应该是赖长吧？"

"若是如此,岂不正中左大臣大人的下怀？就在您闭门不朝之后,那位大人就大权独揽,一副要将朝堂据为己有的样子。现在尚且如此,不难想象若您一旦退隐,他又会何等耀武扬威。"

"是他的话,可能真会如此吧。"忠通苦笑着说。

这苦笑背后隐藏着难以遏制的不满。赖长本来就蠢蠢欲动想要凌驾于兄长之上,若是自己让位,他定会视朝堂为囊中之物,昂然直入、飞扬跋扈。那傲慢的态度似乎已经在忠通的眼前活灵活现,令他恼羞成怒。想到自己一旦贸然退隐,多年的权力就会被赖长不费吹灰之力地夺走,他便懊恼至极、难以忍受。

"虽说如此,但我沉疴难起,也只能由赖长代我这个兄长处理各项事务。其他的公卿都仰其鼻息,朝堂上没有一个可与他抗衡的。"忠通愤然道。趋炎附势本就是世间常态,这一回他也算是深有感触了。

玉藻凝视着他那脆弱的模样,悄声说道:"关于此事,妾身有个不情之请……"

"你又有何心愿?"

"请大人推荐妾身成为采女①……"

"哦?你是说想要入宫奉职吗?"

忠通略加思索。玉藻才貌兼备,有想入宫做采女的想法无可厚非。在她面前,昔日的小野小町恐怕也望尘莫及。其实忠通本有此意,却又舍不得让她离开自己,不知不觉就拖到了今时今日。现在既然她本人有此想法,倒不如顺水推舟送她入宫,借她之力挫一挫赖长的锐气。忠通很清楚,玉藻是有此潜力的。

"如果你希望的话,推荐你入宫倒也不是不行……只是不知赖长会如何阻挠。"忠通落寞地笑了笑。

"不,妾身会好好和那位左大臣大人斗一场的。"

"和赖长斗一场?"

"妾身若能入宫,左大臣大人便不足为惧……"说着,她轻笑出声。

这倒未必是她自吹自擂,以她这般才智在暗中施力,说不定真能将赖长挤出朝堂。忠通顿时觉得有了依靠。

---

① 宫中的高等女官之一,贴身服侍天皇或皇后。挑选自诸国郡司以上官宦家中容姿秀丽的女子。

祈雨

一

翌日一早,大纳言师道便应忠通召见,冒雨来到关白府邸。

"这雨啊,昨天也下,今天也下,下得令人倍感凄清。大人近来身体可否安康?"师道殷勤地询问关白的病情。

"不太好啊。"忠通用力地按着乌帽子的帽额,"今天特地请你前来不为别的,你我是多年老友,有些话想开诚布公地对你明说……请靠近一些。"

于是他将推荐玉藻入宫做采女的打算告诉了师道,师道自然没有异议。

"此事再好不过,我亦会尽力促成。以现任关白大人您的威望和权势推荐她为采女,定不会有人妨碍。"

"不,并非如此,"忠通烦恼地歪着头,"正如你所言,以我的威势荐其入宫,本不会有任何障碍才对,但'木秀于林风必摧之',眼下暗中与我为敌者甚多。不,这绝非妄想,我心如明镜。他们可不会仅仅满足

137

于妨碍玉藻之事。其中为首的是舍弟赖长,信西入道随之。此人最近和舍弟来往甚密,动不动就出言顶撞我,真是个不成体统的老入道。其他要论起来还有好些人。满朝皆是忠通之敌,表面上装作若无其事,其实心里早就盘算着要推翻我了。这些你难道不知道吗?"

师道本就对忠通赖长兄弟不和之事略知一二,但并不觉得忠通之敌已经遍布朝野,他认为这不过是忠通的臆想。反倒是关白自己较之以往性情大变,从朴实无华到穷奢极欲,从温柔敦厚到暴躁任性。特别是近来因病足不出户,更是越发易怒,每每无端猜测、疑神疑鬼,像是魔怔了一般。师道认为最好不要忤逆他,便顺从地听着。

"因此,玉藻之事若由我提出,定会横遭阻挠。不知可否请大纳言提出此事? 最先发现玉藻的人是你,由你来推荐再合适不过,如此一来便不会有人从中作梗。不知你意下如何? 我能依仗于你吗?"忠通又说。

被当朝关白藤原忠通亲口托付,师道本就难以拒绝。更何况他常年受忠通的恩惠,向其引荐玉藻的也是自己,从层层关系上来说,师道都责无旁贷、不能拒绝。因此他爽快地答应了下来。

"您的意思我明白了。明天参朝时我就奏请此事,以确保万无一失……"

"太好了,那就托付给你了。"忠通开心地说,像个孩子似的晃动着身体。

详细商讨了相关事宜后,师道告辞离去。他一走忠通就叫来玉藻,喜笑颜开地告诉她:"大纳言会将一切安排妥当,你就放心吧。"

"妾身万谢。"玉藻听了也眉开眼笑,俯首施礼。

自这日傍晚起,下个没完的雨终于停了,天空像是一片一片地剥开了灰蒙蒙的雨云,天色渐明。明朗的天空中高悬着三四颗闪闪发光的赤星。以当时的起居习惯,人们在亥时(晚上十点)①左右都已睡熟,偌大的府邸中静悄悄的,只有庭院的植丛中不时传来水滴从新叶上滴落的声音。这一夜,连蛙鸣也没有一声。

一个叫小雪的侍童从睡梦中醒来如厕。她点燃纸烛②,走在长长的走廊上,明明四下无风,纸烛却突然灭了。与此同时,前方的黑暗中泛出一丝光亮,在离她七八间远的地方悄然移动着。小姑娘被吓住了,呆立在原处一动也不敢动。光的来源是一位女子,她拖曳着长袴的下摆,无声地在走廊上前行。小雪刚觉得那背影像极了玉藻,就见走廊角落的一扇雨户③无声地滑开,女子身影一晃便闪进了庭院。在好奇心的驱使下,小雪也蹑手蹑脚地跟进院中,只见那个像是玉藻的身影穿过植丛,一直走到庭院深处的大池子旁。

池水因经年累月的沉淀而呈现出青黑色,近来的雨令水位高涨,浑浊的水面甚至漫过了池沿。水边的菖蒲和燕子花都被浊水吞没,唯有水藻开出的白花浮在水面,银点泛波,宛若星光。

---

① 指21点至23点。

② 小型的照明用具。制作它需将松木削成棒状,顶端涂上焦油,手持部分卷上纸或布。古代日本多将其用于夜间仪式。

③ 为防风雨、寒气、盗贼等,在边廊、窗户等外侧加装的挡板。

女子先面向北边,朝一颗大星叩拜。在发出赤色光芒的星辰中,唯独此星闪烁着煌煌金光。小雪想,那大概就是北斗星吧。

女子拜了一会儿,又面池而跪,用左手挽住长袂,伸出右手掬起水中的水藻。她凝肤胜雪,在这夜间也清晰可辨。小雪见状愈发好奇,屏息凝神观望。只见女子捧起青藻,恭敬地将其高举过头顶。

拜藻者,狐也——小雪知道有这样的说法,顿觉毛骨悚然。她拖着发软的双腿想偷偷折返回去,却发现那女子周身的光芒竟像是被吹熄了似的灭了。

"是小雪吗?"黑暗中传来女子冰寒彻骨的声音,正是玉藻的声音。

侍童吓得魂飞魄散,发不出半点声音,她身体发僵,只得蹲伏在原地,这时玉藻已来到她身边,捉住了她纤细的手腕。

"你看到了吗?"

小雪缩成一团,仍不敢言。

"别隐瞒了,说吧,你看见了什么?"

"什么也……没看见。"

体似筛糠的小雪终于回答,但为时已晚。她那小小的身体像是被蛇盯住的青蛙一样,摊开四肢,动弹不得。玉藻将失去意识的侍童推倒在地,先嗅了嗅她的黑发,又舔了舔她肉嘟嘟的脸颊。

正在此时,一团松明发出的小小火光如鬼火般出现在植丛间,一闪一闪地靠近。原来是织部清治,他每夜都会在入夜、半夜和天明时巡视三次庭院。

他听见黑暗中传来几声异响,像是野犬在喝水,便蹑足循声而至。正当他举起松明想要看个究竟时,火光如遇水一般猝然而灭。但借着一刹那的亮光,他已经认出了匍匐在地的玉藻。

"是玉藻前吗?"清治的喊声刚落,周遭骤然大放光明,一如花之宴的傍晚笼罩在玉藻身上的辉光。

在这光芒的映照下,一幅惊心惨目的画面清楚地呈现在清治惊恐万状的眼中。侍童小雪像一只僵死的蛔蛔横尸在地,手断足裂。玉藻唇齿遍染鲜血,状如鬼女。清治迅速持太刀在手,但随即手上便失去了知觉,再也无法动弹。

玉藻冷艳不可方物地露出令人丧魂落魄的笑容。怪异的光芒再次消失,黑暗中传来男人一阵痛苦的呻吟声。

"吾愿将成之际,恰有男女活祭自投罗网,幸哉。"

之后,便再也听不到男人的呻吟声和玉藻的说话声。

翌日清晨,人们发现清治和侍童的尸骸浮于池上,死状惨不忍睹。两人何故惨死于此,却无人知晓。

继兼辅死后,又出了这等怪事,忠通终于崩溃了。尤其这次就发生在自己的府里,他受困于难以言状的恐惧和不安,一日三餐均食不下咽。

又过了四日,大纳言师道来访。他的汇报更在忠通心里撒下了疯狂的种子。推荐玉藻为采女一事果然遭到左大臣赖长态度强硬的反对。信西入道也一样。师道本就预料到他们会反对,想要试着说服他们。无奈正面的对手毕竟是赖长,更有高才博学的信西入道在旁助阵,师道实在无力抗衡。最终在被数落了一通后,师道颜面尽失地败下阵来。

"他们因何反对? 是嫌玉藻出身卑微吗?"忠通咬着嘴唇问道。

"不,不仅仅如此。他们说对玉藻这个女子万不可掉以轻心……"师道含糊其辞地答道,"信西入道还说,若将这样的女子召进宫中,天下必将大乱……"

"说什么天下大乱……谋算着要推翻我忠通、祸乱天下的不正是他们吗?"

忠通握紧拳头,身躯扭动,几欲暴跳而起。

# 二

师道很快便告辞离开,他一走忠通就喊来玉藻,细说来龙去脉。

"我已忍无可忍。我要召集卫府的武士,派他们前往宇治!"

"去宇治吗……"

"没错,去讨伐赖长!我乃一族之长,亦任关白之位,与我为敌者可视为谋反,就算是亲弟弟也不可饶恕!我这就发兵大举进攻,将他彻底铲除。信西入道也极其可恶,我一向敬他为师,他却忘乎所以,竟成为叛贼的帮凶反咬我一口,既然如此我也不再忍让纵容,对他的讨伐亦会同时进行。等铲除他二人后,余党便如无头之蛇成不了气候。叫武士来,快叫武士来!"忠通目眦尽裂,咆哮不已。

"大人如今在盛怒之下,还请先冷静下来。"

玉藻打断他的话,极力劝阻,并睿智地献上忠告:此等情况下就算召来卫府武士,也不知他们是否会服从征讨左大臣的命令。虽说左大臣的野心昭然若揭,但尚无确凿的证据,贸然挑起事端,恐怕反倒令自己有理说不清。此外,卫府中难免有向着左大臣和信西入道之人,要是抢先去通风报信,说不定还会适得其反,促使精悍的赖长和老奸巨猾的信西联合起来先发制人、抢占先机。正如俗话所说,欲速则不达。反正迟早要将他们一网打尽,暂时忍耐静待时机,方为万全之策。

这番话本身就合情合理,再加上是玉藻的建议,忠通也就勉为其难地同意了。玉藻露出如释重负的神情退了出去。

当日午后,玉藻用被衣深深地罩住自己,溜出了府邸。从清治和侍童死去那晚起,梅雨将天空让渡给了持续的晴天,盛夏烈日灼烤着平安京的大街小巷,路上已有轻微的沙尘旋舞。柳荫下处处可见牵牛休憩的人。玉藻径直来到坐落在姊小路①的信西入道府邸。

一进门内,便听见大槐树上蝉鸣声声。一个年轻人驻足在停靠车马的地方,似在专心地聆听蝉鸣。此人正是千枝太郎。

“千枝太郎大人。”

玉藻唤道,千枝太郎回过头来。

“啊,玉藻……”他的眉头微微抽动了一下,佯装不在意地点头施礼,“天一晴便热起来了。自河原偶遇后,别来无恙否?”

“你也安康无虞吧?”玉藻动情地说,“自那日一别后便无机缘再见。说来,你今日为何到此……是陪尊师前来吗?”

千枝太郎点点头。如今在夏日艳阳下与玉藻正面相对,他打算借此机会好好确认她的原形。玉藻投在地上的影子与一般女子无二,于

---

① 平安京路名。

是他更专注地盯着她的面孔,直看得玉藻羞赧地侧过脸去,偷偷窥伺着他的神情。

"尊师前来有何贵干?"

"我不知道。"千枝太郎冷冷地回答。

枝头的蝉鸣片刻不歇,两人却都一时无言了。

"与你重逢后,我有很多衷肠欲诉,不知你可有时间一叙?"玉藻近前一步问道。

她眉目含情,如眷似恋,看着这双秋波盈盈的眼睛,千枝太郎只觉得心头发热。她真是妖魔吗?年轻的千枝太郎对师父的教诲又起了疑心。但即使如此,他也并没有愚蠢地掉以轻心。

"门规甚严,除了办事不得随意外出。不仅是我,门下弟子莫不如是。"

"此话当真?"玉藻低声叹息,"即便如此,也不至于一次都出不来吧? 就见一面都不行吗? 你还记恨着昔日的阿藻吗? 还是说你另有了心上人,已将旧日情缘抛在脑后了? 正如此前所说,未来不可知。我们曾在山科乡相伴长大,你想成为乌帽子手艺人,我也想学做乌帽子……想来这曾是我们年少时共同的梦啊。"

幼时的那场美梦如画卷般在千枝太郎眼前展开。在山科乡野的林间河畔,两个嬉戏玩耍的身影如幻影般浮现其中。他痴痴地看着玉藻的脸,恍若隔世,正欲说些什么时,一名武士走了出来。

那武士狐疑地盯着玉藻,玉藻赶紧恭敬施礼,请他代为通传对此间主人信西入道的拜见之意。武士又瞪了她一眼,随即转身进去了。

"那位是右卫门尉①成景。"千松太郎目送着武士的背影,告诉玉藻。

"看起来甚为魁梧,不愧是守卫少纳言大人府邸之人。"玉藻点点头,接着她又转回话题,"唉,千枝太郎大人,是否无论我如何哀求,你都不肯再见我一面? 未必一定是今晚,明天也行,后天也行……只要你来关白大人府上说要见我,我定会出来相见。这样也不行吗? 你就怎么都不肯答应吗?"

玉藻贴近千枝太郎耳边,轻启朱唇吐出绵言细语。

她的薄衣轻纱上散发着熏染的甜香,如梦境般将千枝太郎萦绕在其中。年轻的阴阳师登时血脉贲张。他仰头望着似火骄阳,只觉得头晕目眩,几乎站立不住,不由得倚在了玉藻的臂膀上,玉藻微笑着将他轻轻搂在怀中,撒娇似的低喃道:"多么无情的人啊,已经将过去的阿藻忘了吗?"

偏在这时,右卫门尉成景又走了出来。他威严地对玉藻说:"我主少纳言有客来访,无暇分身。失礼之处还望见谅,请回吧。"

"真是遗憾。"玉藻娇媚一笑,并不计较对方的无理,"客人当是播磨守大人吧,想必是在谈什么要紧的事?"

"主公和客人在闲室密谈,具体谈些什么我等无从知晓。"成景冷若冰霜。

---

① 卫门府官职之一。日本律令制下,门卫府负责掌管宫诸门的警卫和天皇出行时的警卫。

　　玉藻仍不甘心就此离开,称自己有机密要事须当面禀明入道大人,只求在别室短暂一见,绝不会惊扰客人。成景铁了心不想让她进去叨扰主公,用尽退客之词,玉藻却不为所动。他迫于无奈又进去通报,这一回倒是很快就回来将玉藻带进府内。

　　千枝太郎独自留在原地,站在槐树的绿影下。他仍恍惚似梦,无法思考。南风摇动绿叶,也轻轻吹起了他的衣袂,蝉声似银铃清脆,即使耳钝之人也闻之心悦。

　　没过多久,玉藻被成景送出门来,唇边漾着轻快的笑容。因为在成景跟前不便说话,她用眼色向千松太郎告别后便离开了。千枝太郎目送她的背影消失在门外,难掩心头的失落,像牵线木偶一般晃晃悠悠地离开了树下。紧接着他便追出门去,可刚一出门,就听五六间开外传来玉藻的尖叫。

　　"啊呀,快来人……谁来帮帮我!"

　　千枝太郎闻声大惊,定睛一看,只见一个骨瘦如柴的老僧一手拿着竹杖,一手死死拽住玉藻的长袂。老僧如痴似狂,浅灰色的法衣龌龊褴褛,只有一只脚上穿着草鞋。千枝太郎立刻奔上前去,隔在两人中间。

　　"哎呀,千枝太郎大人,幸亏你来了。这位僧人像是发了疯,冷不丁地捉住我,不知要强拉我去哪里。请救救我。"玉藻用袖子掩住脸,显得苦恼不已。

　　"和尚,你再癫狂也不能如此野蛮地当街拉扯女子……"千枝太郎叱道,"休得再闹,还不快松手!"

老僧一语不发。他的白髯杂乱,颊骨突出,枯槁憔悴的脸上眼窝深陷,眼中却精光四射,死死地盯着玉藻雪白的衣襟。见对方不为所动,千枝太郎也急躁起来。

"喂,让你退下没听见吗……喂,松手! 松是不松?"

他抓住对方枯瘦的手腕,用力想要掰开他,没想到老僧拼尽全力、死不松手。年轻人毕竟血气方刚,他气急败坏地扭着老僧的手指,恨不能将其折断似的强行把老僧拽开,正要将老僧推至一旁,就见力竭的老僧如一截枯木,猝然而倒。脱身的玉藻看也没看一眼,拔足即走。

老僧一骨碌爬起又欲追去,被千枝太郎一把抱住。老僧喷着滚烫的鼻息扭转挣扎,正闹得不可开交,四五个汗流浃背的年轻僧人匆匆赶来。

"哦哦,在这里! 不知尊驾是谁,不胜感激。"

他们向千枝太郎道谢后,架着仍在咆哮发狂的老僧离开了。

那狂乱的老僧正是法性寺的阿阇黎。

# 三

当夜，法性寺的阿阇黎在寺内的池中投水而亡。听闻此事，千枝太郎又惊出一身冷汗。一代高僧受玉藻魅惑，竟落得发狂至死的惨烈下场。昨日在信西入道府上，玉藻在耳边的甜言蜜语如今想来犹如恶魔的耳语，千枝太郎对自己险被拖入魔道的命运感到岌岌可危，心怀恐惧。

"你昨天遇见玉藻了吗？"播磨守泰亲问年轻的弟子。

千枝太郎不敢隐瞒，全盘托出。泰亲听后又皱起了眉头。

"我虽已再三叮嘱，但还是要再多说一次：千万要当心。你的将来真令我心中不安。昨日，玉藻竟找到少纳言入道府上。她在别室和入道密谈，口出惊人之语，说关白大人突然召集人马，意欲一举讨伐宇治的左大臣和少纳言入道。入道大人那样的人物自然不会轻信这等谗言，更何况他早就对玉藻有所提防，为了稳住她姑且以礼待之。她既能来此巧舌如簧，在别处还不知会如何搬弄是非。长此以往，后果不堪设想。她会用尽各种手段为祸人间，为引发天下大乱而无所不用其极。不仅如此，她还怂恿关白大人成就她入宫为采女的野心。好在被左大臣大人阻止，暂无下文。但万一不慎让这样的妖魔混入宫廷，我日本国将长夜难明。"

事到如今已不能再有任何犹豫，泰亲与信西入道商量后决定自今日起净身祈祷七十日。左大臣赖长自不会反对。本来，秘术的奥义在于当面降服妖魔，迫其现出原形。但此女深得关白大人恩宠，无法当面施行降魔祈祷之术，因此泰亲决定在自己的内室中设降魔坛，暗中将其铲除。施术者除他之外还需要四名弟子，若不出意外，千松太郎将是其中之一，因此泰亲将计划原原本本地告诉千枝太郎，并叮嘱他要专心致志、不可懈怠。

"弟子谨遵师命。"千枝太郎当即回答，深感自己责任重大。

"对我而言，这次祈祷也算得上一生一次的大事，赌上了我的身家性命。汝等也务必舍身求法，竭尽全力持续祈祷。但凡我们五人中有任何一人心生动摇，修法①便不能成功。你要铭刻于心，切不可忘。"

播磨守泰亲决心拼死一战。他又依次叫来了另外三名最优秀的弟子，分别对他们说明原委和自己壮烈的决心。弟子们皆饱含热泪，在他们奉若神明的师尊面前俯首而拜。一股悲壮的气氛弥漫在晴明后裔的家中。

今年的梅雨险些令鸭川泛滥成灾，五月末起却又突然持续放晴，

---

① 一种加持祈祷密法，设本尊和护法，口诵真言（咒语），手结印，根据祈祷目的不同分增益、息灾、降伏、召唤等法。

直至六七月都滴雨未落。赤云腾空、骄阳似火,从早到晚炙烤不休。都城宛如地震过后,遍野可见泛白龟裂的焦土。就连鸭川也干涸见底,死鱼翻着白肚曝晒于河滩之上。大道边的杨柳枝条低垂、毫无生机,偌大一个平安京连一只燕子飞过的痕迹都看不见。旱灾不仅在京中肆虐,也波及了周边,附近一带田野中的作物全都干枯而死。

所有的神社佛寺都在诵经祈雨。举世皆悲,唯恐这场严酷的干旱还会持续下去,到时莫说草木,就连人也会被活活蒸烤至死。然而八月已至,雨云却依然片影难寻。

"怎会如此酷热难耐,全身如被烹煮!"

关白忠通仰望着浅蓝色的天空,呻吟着发出叹息。他本就病体慵倦,在连日酷暑的煎熬下,更如骨肉半销,几不欲生。有时他一闪念间觉得与其这般受尽煎熬,还不如寻个干脆的死法一了百了。且如今,种种不满和不快更充斥在他心间。然而,出家遁世意味着要眼睁睁地看着赖长夺走自己的权力和地位,这又令他极为不甘。

眼下他刚小口啜饮过玉藻端来的西瓜汁,很快又像将死的蛇一样在凉席上痛苦地翻来覆去。玉藻一如既往地柔声劝慰道:"这酷热确实不同寻常。要是天竺也就罢了,谁承想日本也会有此炎夏……已经连续六十多日无雨……"

"到处都在祈雨却毫不奏效,唯有谣言四起。看来末世已至啊!"忠通又有气无力叹了一声。

"您是说神佛不灵吗?"

"这不是明摆着的吗？任凭怎么祈祷也滴雨未落啊。"

"妾身倒认为，并非神佛不灵，而是人们的虔诚之心不足。"

"也有可能，"忠通点头道，"眼下这世道，弟弟企图推翻兄长、朋友反目成仇，又有什么虔诚可言。"

玉藻停下为忠通摇着团扇的手，沉吟片刻，重又跪伏在主公面前，说道："正如主公所说，所有神社佛寺的祈雨都不见成效，这不仅令天下万民有末世之虞，亦令神佛在人们心中神威不再。如此甚为可惜可叹。念此，恕妾身自不量力、斗胆妄言，妾身欲以身祈雨，还望主公恩准。"

她借小野小町亦曾于神泉苑①祈雨之事，力证只要自己竭力虔心，定能精诚所至金石为开。忠通一想倒也颇有道理。玉藻与昔日的小町相比毫不逊色，若她的诚心能上达天听，真能祈得上苍落雨，则是世间之幸，可救万民出苦海。再者，若她能求得神迹，入宫为采女之事便可迎刃而解，赖长和信西再也无力阻拦。玉藻可堂堂正正入宫奉职，很快就能按计划将赖长和信西一党铲除。想到此处，忠通奄奄一息的灵魂重焕生机，他倏地坐了起来。

"很好，汝愿可嘉。我应允了，还望你尽早开始。"

"那妾身将净身七日，之后于加茂②河原筑坛，进行求雨祈祷。"

玉藻祈雨一事被关白家大肆宣扬。忠通下令务求仪式极尽庄严，

---

① 平安京大内里（皇宫内）南侧的皇家庭院，供天皇游玩所造，后来常作为祈雨之所。

② 这里指加茂川，和上文的鸭川为同一条河流，加茂川为上游，亦写作贺茂川。

大小官员必须尽数到场。为防止闲人叨扰,除卫府的武士外,源平①武士也奉命倾巢而出,在河滩严加戒备。祈雨之日被定在八月八日。

"呵,真是不可思议。刚巧是在我七十日满愿②当天。"泰亲闻讯点了点头。

他当即派人知会信西,说明自己一行也将在当天前往河原祈愿。他认为这是个千载难逢的好机会,可将妖女降伏在众目睽睽之下。

信西也赞同此举。他和赖长说好,表面上以他们这方也要祈雨为由,将祈雨场所同样设在加茂河原。最后决定将八月八日分为前半日和后半日,拂晓的卯时③到午时由泰亲祈雨,午时到酉时④由玉藻祈雨,看究竟是谁能驱雷掣电、求来神迹。

"他们又来从中作梗!"忠通焦躁而怒。

玉藻却无半句怨言,反而说此等比试实属幸事,能在万人之前证明谁能彰显神通。

"说来若是妾身胜了,不知那位播磨守大人会有何下场?"

"那自然是流放之罪。生于阴阳师世家却祈雨失败,安倍一族活该受灭顶之灾。"忠通恨恨地说。

"虽然可怜,但也是没有办法的事。"玉藻的口吻似乎胜券在握。

忠通当然也希望她能获胜。不仅因为对手是泰亲,还因为他相信

①  源氏一族和平氏一族。
②  向神佛祈祷时定下期限的期满之日。
③  指5点到7点。
④  指17点至19点。

这场胜负将决定自己和赖长一派的命运。他焦急又不安地等待着那一日的到来。

八月八日依然无雨，自清晨起便晴空万里，仿佛赤红的朝霞都已燃烧殆尽。一眼望去，天空辽阔，一如远处的大海，泛出一片月白之色。

河原上的祈雨仪式，自泰亲而始。

犬
群

一

祈雨坛布置得神圣而庄严。

坛上铺着新编的粗草席,四角立着矮竹,矮竹顶端结着洁白的注连绳①,围起一圈。四角还摆放着原木三宝,三宝之上供着许多玉串②。登坛者共五人,穿白、黑、青、黄、赤五色净衣,各含寓意。千枝太郎泰清着青衣,捧同色麻制御币③,面南而坐。其他三名弟子分别着黑、赤、黄衣,也捧着与各自衣服同色的御币,面朝北、东、西落座。

安倍播磨守泰亲身穿白色净衣,捧白色御币,端坐在祈雨坛正中,面向北方。近来烈日炎炎,晒得河滩上的土石都泛着耀眼的白光,而泰亲身姿之白在其中又更胜一筹。

---

①日本神道中敬神祭祀用的工具,将一些象形的字或图案垂挂在编好的稻草绳上,表示将现世和神界相隔,形成结界,以辟邪去祸。有时候也将注连绳围住的领域列为禁地。

②挂着木棉绳或纸条的杨桐树枝,用来供奉神明。

③日本神道教中的供神之物,也用于除魔。将两束布条以"八"字形挂在竹制或木制的币串两旁而成,古时用麻或绢,现在用布和纸。

巳时①过后,祈雨依然丝毫未见成效。祈雨坛周围的北面武士们拉弓搭箭,戒备森严。以左大臣赖长为首,所有的朝臣都正服列席。河岸两边的大道小路上都挤满了看热闹的人群。聚集在此处的数千人都汗如雨下,焦虑不安地眺望着白晃晃的晴空。天空却平静得令人恼火,连一只飞鸟的影子也没有。

"这都两个时辰过去了,怎么连朵云都没见动一下。"

"这场祈祷午时就结束了,到那时还不晓得能不能成。"

围观的人群窃窃私语。众多朝臣汗涔涔的眉间也挤出了不安的深纹。赖长却气定神闲。泰亲今日祈祷的本意不在于求雨,而是针对玉藻前的降魔祈祷。对于赖长和信西而言,雨下与不下根本无关紧要。既然泰亲并未求雨,又何来雨下。

泰亲和四名弟子都祷念不停,泰然自若得和这毫无变化的天空相映成趣,甚至连眼睛都不眨。无风的祈雨坛上,五色御币也纹丝不动。河滩上日照当空,无论是公卿还是武士都屏息以待。

终于午时来临。岸上哀叹同声,宛若雷鸣,人们的失望之情溢于言表。

"没辙了,时间到了。"

"无论怎么祈求神明,不会下的雨还是不会下。"

"不,还不到灰心的时候。看看午后玉藻前的祈告如何。"

"连播磨守大人都无能为力,一介女流又能如何。"

---

① 指9点至11点。

"可她才貌双绝、举世罕见,有传言说她很快就会入宫成为采女。她的祈告或许能上达天听也未可知啊。"

众人所议论的玉藻在午时现身河滩,姿容尽态极妍。她今天打扮得分外明艳动人,长发如漆似墨,披在身后,平额①上插着金钗,在阳光下闪闪发光。她身穿五衣唐衣②,青海波纹③打底的表衣④上点缀着斑斓的色彩,表衣之上又罩着浅葱绿色的唐衣⑤,上面绣有浓绿的水藻图案。她下身配以红色打袴⑥,白底的长裳⑦大摆曳地,上面影影绰绰地缀染着浅黄和幽蓝的兰香草,如梦似幻。这一身华服显然是采女的装扮。赖长见状,除了怒其僭越外,想到纵容这种夸张打扮的兄长忠通如此没有常识,更觉得愤懑万分。

但现在不是计较此事的场合,赖长和信西都没作声,冷眼旁观。玉藻在关白家武士的护卫下,娴静地缓步走向祈雨坛,正欲登台,却见她脸色骤变。接着,她一语不发地想要折返而去。

"玉藻前,请留步!"

泰亲在坛上喊道。玉藻却充耳不闻,执意要走,赖长按捺不住,将

---

① 日本古代女子正装打扮时,戴在额发上的发饰。

② 即"十二单"。平安时代起,是日本宫廷和贵族女子最正式隆重的礼服,"五衣"原表示在表衣和单衣间有五层袿衣,后为泛指。

③ 本指日本雅乐曲目,因该曲舞者在舞蹈时所穿的衣服上有意喻浪花的波纹而得名,后来将这种波纹图案称为"青海波纹"。

④ 五衣唐衣的外袍,穿在五层袿衣外面。

⑤ 穿在表衣外面的短上衣,图案华美。

⑥ 五衣唐衣中下半身的裙裤,多为红色和深紫红色。因用木砧捶打出光泽而得名。

⑦ 五衣唐衣中围在后腰的长披裙,质地多为绫或纱。

她叫住:"玉藻为何要走? 午时已至,你要祈雨才是。"

玉藻默默地回头看着他,秀丽的眼角眉梢中隐隐含有一丝嗔怒之意。

"看来今日祈祷并非意在求雨,旨在降魔。佛说:'咒诅诸毒药,还着于本人。'①妾身可万万没想到竟要靠近如斯恐怖之处。"

她将白面衵扇②合上,又抬步欲走,泰亲却再次唤住了她:"原来你看得出我适才进行的是降魔祈祷,那你可看出降伏对象是谁?"

"何必多此一问。若是祈雨,本该求告八方龙王。可您这坛上四角供奉的御币,南面供着男山③的正八幡大菩萨④,北面供着加茂大明神⑤、天满天神⑥,东西方向恭请稻荷、祇园、松尾、大原野⑦的诸位神明降临,一看便知是护国伏魔之术,而这降伏对象当然就是我玉藻了。"

她的声音冷冷地在河滩回荡。泰亲当即还击:"既已看破,又为何要弃坛而去? 泰亲的祈祷对你而言如此可怕吗?"

玉藻以衵扇掩口,轻声笑道:"要说令妾身恐惧的,无非是人心竟能如斯险恶,故意巧设陷阱诅咒他人。妾身并未包藏祸心,对你这祈

---

① 出自《观世音菩萨普门品》,原文为:咒诅诸毒药,所欲害身者,念彼观音力,还着于本人。

② 即桧扇,日本宫廷所用的折扇,用桧木及和纸所制。女性所用专称为衵扇,正服礼装时需打开拿在手中。

③ 位于现京都南部八幡市,又名八幡山,建有八幡宫。

④ 即八幡神,原是地方信仰的农业神,日本神佛合一后被尊为菩萨。

⑤ 日本神道教中对神明的尊称。

⑥ 将平安时代前期学者、政治家菅原道真(845—903)之灵神格化后的称呼,是日本学问之神。

⑦ 稻荷、祇园、松尾、大原野均为神社名。

祷又何来恐惧之说。"

就像是想证明自己无所畏惧一般,她拖曳着长裳径直走到祈雨坛前。

泰亲持起白色御币,又开口道:"我尚有一事请教。那夜在关白大人的花之宴上,听闻有人周身大放异光,竟能照亮风暴中的黑暗。若是神明佛陀倒也罢了,我却从未听说凡人身上能绽出光芒,不知玉藻前怎么看?"

玉藻唇边浮起一丝浅笑,仿佛在嘲笑他的无知。

"播磨守大人这样的人物竟连这种事也不知?那在你看来,昔日的光明皇后①和衣通姬②等尊贵之人岂不是皆非凡人?还是说您将她们视为妖魔?"

泰亲回答,此二人得名并非因为在现实中显露过异样的容姿。前者德行辉煌、万众景仰,故尊为"光明"。后者肤如凝脂、胜似白雪,因而称为"衣通"。再尊贵之人,也万没有从身体之中绽放光芒将黑夜照如白昼的先例。最后,泰亲犀利地断言:倘若此世间真有如此人物,不是佛祖化身,便是妖魔幻化。

"这么说来,您定是把妾身视为妖魔化身了吧?"玉藻连眉毛也没动一下,"若是如此倒也有趣,多说无益,尔等先从坛上退下吧。"

--------

① 光明皇后(701—760),圣武天皇的皇后,曾指挥建造了奈良大佛殿。她乐善好施,广建寺院,对佛教在日本的传播起到了不可估量的作用。

② 日本《古事记》《日本书纪》等传说中的人物。绝色,肌肤之白甚至能穿透衣物。一说为允恭天皇的皇女轻大郎女,一说为允恭天皇的皇后之妹。现被奉为和歌三神之一。

"你想要登坛吗?"

"没错。若妾身无惧此降魔之坛、坦然踏入,岂不是无愧于心最好的证明? 午时已过,此坛对尔等已无作用,妾身将代为祈雨。退下,退下,速速退下!"

她疾言厉色,将祒扇重持在手中,庄重地登上祈雨坛。被她责令之后,泰亲只能让出位置,无奈地走下坛去,青赤黄黑四色身影也随着一袭白衣依次退下,身穿五衣唐衣的绝色佳人取而代之,占据了祈雨坛。在她的示意下,随从将挂着麻币的杨桐枝放在原木三宝上,恭敬地捧上前来。玉藻拿起杨桐枝,合上眼睛开始祷告。

泰亲跪坐在河滩滚烫的碎石上,惊愕地注目于玉藻的祈告。赖长也握紧了汗涔涔的双手窥伺在旁。玉藻若无其事、轻而易举地登上降魔坛,已然宣告了泰亲的败北。万一她的祈祷灵验了,哪怕只落下一滴雨,泰亲也要在她面前俯首谢罪。赖长和信西都为此惴惴不安。

未时刚过,比叡山①顶出现了一团蹴鞠大小的黑云,须臾之间就如帷幔般越张越大,白色的天空逐渐被浅灰色侵蚀。耀眼的阳光迅速消散,天色暗淡下来。

"呜哇,天狗来了!"

挤在岸边的人们一片哗然。虽不知是天狗还是别的什么,只见又有一团黑云如怪鸟展翅,从男山方向涌出,顷刻便飞掠过太阳。此云过后,地面上重又返亮了一些,但天空的浅灰色却再也褪不掉了。

---

① 京都和滋贺县交界处的山,被誉为神山,天台宗总本山延历寺所在地。

"敬请八方龙王,赐予甘霖!"

玉藻将杨桐枝举在额前,左右各摇三次,白色的麻布乱如芒草,频频打在她所戴的金钗上。

"哇,下雨了!"

岸边的人群齐声叫嚷起来。冷风带着湿气,吹弯了祈雨坛四角的矮竹,雨珠大若石子,从昏暗的空中大颗大颗地砸下。

"八方龙王回应祈告了!"

玉藻霍然站起,再次高喊。她额上的金钗歪斜,黑发披散。一道巨大的闪电劈空而来,在祈雨坛上空炸裂,照亮了她苍白的脸。

"雨啊,雨啊!"

连负责警戒的武士都忍不住仰面大喊。瓢泼大雨如天河陷落,直泻而下。

# 二

这场甘霖一直下到翌日天明,百姓庆贺天降恩泽之声响彻都城内外。他们感谢上天垂怜的同时,也赞美着玉藻的功德无量。不光百姓,忠通自也是欢喜得手舞足蹈。

"看到了吧,宵小之辈们! 目睹此等奇迹,你们胆敢再与玉藻为敌? 胆敢再侮辱我忠通? 哈哈,真是痛快啊!"

实际上,玉藻的敌人们的确不得不忍气吞声。赖长和信西均一语未发。颜面尽失的泰亲更是不等朝廷裁断,自行闭门思过。

泰亲本非求雨,因此和玉藻的祈雨并无可比之处,也就无所谓胜负之分。但降妖伏魔术毕竟是秘密施法,在旁人看来泰亲就是在祈雨,而且长达半日毫无成效,反而替换上玉藻之后,不过一个时辰大雨便倾盆而下。从表面上看,泰亲是输了个彻彻底底。安倍晴明第六代孙令先祖蒙耻,所以他除了待在家里等待降罪之外别无他法。弟子们自然也和师父一样自行禁闭不出。泰亲一直将自己关在房中,一句话

164

也没和人说过。

翌日大晴，被昨日豪雨洗涤过的天空清澈高远，自高空吹拂而下的风里已带了一丝秋意，卷落檐廊边梧桐的树叶，一叶两叶，落地无声、冷清凄戚。泰亲正注目此景，千枝太郎蹑足拿来烛台。不知不觉已经暮色苍茫了。

"千枝太郎，自今晨起可有人来过？"

"并无人来。"

"关白大人也没遣使者来？"

"没有。"

千枝太郎低着头，小心地偷看师父的脸色，泰亲的脸在烛光照耀下苍白如水。

"我在至关重要的祈祷中一败涂地，重则流放，轻则剥夺家职。罪诏今日就该下达才对，为何使者迟迟未来……"泰亲不解地说，"不管别人怎么说，你我都知此役并非以祈雨分胜负。但令人心灰意冷的是，她竟轻而易举地破了安倍一族的秘术。七十天的祈祷到头来落得一场空，妖魔登上了降魔的祭坛大获全胜，说到底这都是我法力不足之故。我愧对天皇，愧对先祖，也愧对左大臣大人和少纳言大人。我本唯有闭门待罪一途可走，可若就此放弃、不知羞耻地旁观妖魔作恶，又有何面目面对天下百姓？我自认非怯懦卑鄙之辈，也早就豁出了自己这条性命。只是之前七十日的努力已化为泡影，我欲抵死再行祈祷。千枝太郎，为师欲托付你一事，不知你可有担当？"

师父的眼中烁烁有光，蕴含着强烈的决心，千枝太郎不敢直视那炯炯目光，低下了头。

"无论您吩咐我什么，我都义不容辞。"

"此事有点难办，所幸已至黄昏，再过一个时辰左右你便出门，悄悄前往少纳言大人的府邸。"

千枝太郎心领神会地点了点头。接着，泰亲更压低了声音嘱咐他：此去无他，只为借信西入道之力求得七十日宽限。若等到家职被剥夺或被流放异地，便再也没有机会施行降魔祈祷了。趁着关白大人此时还未有任何指示，请入道想办法为自己的罪过说情，只求争取到再次祈祷的时间便足够。过了这七十天若还是没有效果，那么别说流放，就算是斩首死罪，泰亲也坦然接受。当然，以信西入道一己之力恐难以办到，所以泰亲希望他能尽力说服左大臣赖长帮助自己达成此愿。自己是戴罪禁闭之身不便出门，只能派千枝太郎在今夜避人耳目代为前往。

千枝太郎欣然应允。

"我已牢记在心，定不辱使命。"

他在师父面前拍胸脯做了保证后退下。师父受挫于初次祈祷，却不折不挠、力求再战的坚韧决心令千枝太郎感动不已。另一方面，师父在众多弟子里独选中他委以重任，已是他毕生的荣誉。到时候不管信西入道如何表态，他都要想尽办法完成任务，抱着这样的决心，他紧张地等待着夜晚的来临。

好不容易等到平安京众寺院的钟声宣告了戌时①的来临,千枝太郎偷偷溜出土御门的府邸。八月九日的月光如霜,照在他的袖子上。

"千枝太郎大人,千枝松。"

在他快到信西入道府上时,柳树的阴影中传来了女子的声音。那声音真是再熟悉不过,令他猛地刹住了脚步,一时间像是被钉在了地上,但他很快回过神来,假装没听见,打算尽全力逃走,不料被一只纤纤玉手拉住了直衣的长袂。

"千枝太郎大人,你为何要逃? 真是无情之人。"

"不不,我有急事。"

他想挣脱,玉藻却不肯松手。

"我不知你有什么急事,不过你们现在可是禁闭之身,趁夜偷溜出来可是会吃苦头的。"

千枝太郎无言以对。确实,明面上虽然没有收到禁闭于家、闭门思过的诏令,但这种情况下理所当然不能随便出门,更别提悄然夜行。若被人诘问也无法解释,他一时无语,只得站在原地。

"被我说中了吧,"玉藻莞尔一笑,"今晚你去少纳言府上有何贵干? 可是尊师派你来的?"

千枝太郎依然保持沉默。

"呵呵,即便你不说我也能猜到大概,所以才在这儿等着你。前阵子我曾百般求你见我一面,可你直到今天都摆出一副佯作不知的样

---

① 指19点到21点。

子。你就那么憎恨我吗？还是说和尊师一样疑心我是妖魔？尊师也就罢了，你可是和我从小一起在山科乡间长大的青梅竹马呀，为何还会怀疑我？再说昨天的祈祷已是最好的证明，你不是和尊师同心协力地做了降魔祈祷吗，试问对我可有丝毫效果？我本就不是什么妖魔鬼怪，但被诅咒上百日千日，也难保不会大祸降身。关白大人对此雷霆震怒，说不仅要严惩泰亲，当日登坛者一个不留全都要流放至遥远的鬼界岛①。我在他面前苦苦哀求、竭力劝抚，还不是因为心中有你。尊师对我而言已是仇人，可身为他弟子的你仍是我心中眷恋之人。鬼界岛上日夜喷吐着硫黄烟雾，我怎么舍得让你去那样恐怖的地方？千枝松呀，我一片痴心对你，你却既不怜悯也不高兴。你可真是……真是个残忍、冷漠、可恨的人呀。我委屈得连哭都哭不出来，你就可怜可怜我吧。"

她将脸埋在千枝太郎怀中，哭得梨花带雨、悲悲切切，千枝太郎就这么抱着她，无言地站在皎洁的月光下。

千枝太郎这才明白，关白大人迟迟未降罪于他们是因为玉藻在背后求了情。年轻的他对流放声名狼藉的鬼界岛感到不寒而栗。念及玉藻搭救之情，他便不忍无情地推开怀中的女子了。

玉藻真是妖女吗——他心中的疑窦重又冒出苗头。他本来对师父坚信不疑，但正如玉藻所说，若她当真是妖魔，在日本首屈一指的阴阳师呕心沥血七十日的拼死祈祷下，为什么没有被打回原形呢？她毫

---

① 日本九州南方诸岛的古名，为罪人的流放地。

无惧色地登上祭坛,真的只是妖魔的法力更胜一筹而已吗?难道就不会是他们把凡人错当成了妖魔,才导致祈祷无功而返吗?想到这里,他心中顿时遍布阴霾,不知究竟该拿自己怀中的女子如何是好。

"你还不信我吗?不,不仅是你,尊师也一定还在怀疑我吧?早就听说播磨守大人冷酷无情,恐怕他不会吸取此番教训,说不定正策划着第二次祈祷吧?就算再来个两次、三次,我也不怕,但面对欲加之罪,我前途未卜,光是想想都觉得凄楚悲凉。你若重视你的师父,就该好好劝他放弃。还是说你铁了心站在他那边,一定要将我视作妖魔呢?"

玉藻抓住千枝太郎的手腕,含幽带怨地看着他。她眼泛泪光,莹如白露。

# 三

　　无论玉藻如何劝说，千枝太郎都不能不完成师父交付的任务。毫无效果的祈祷若一再重复，只会罪加一等。但千枝太郎知道，事到如今这可悲的事实已无法说动师父。他还怕非但劝不了师父，还会被他当成懦弱之人逐出师门。

　　当务之急是确认玉藻到底是不是妖魔，否则就无法确定接下来的行动。不幸的是，现在的千枝太郎还没有那么强的眼力看透一切。他既相信师父，又对师父产生了怀疑。他怀疑玉藻，又想要相信玉藻。他矛盾重重，陷入可悲的困境，已经无法辨明自己的立场。

　　玉藻似乎察觉到了他的苦衷，捂住眼睛轻声说道："我知道你陷入了两难的境地。说到底，要不要再次施法是由尊师决定的。如果再次失败，他定会大祸临头，但这也是自作自受。我对你的这位师父只有恨意，既无恩义又无情谊，更无因缘。我根本不在乎他下场如何，却唯独放不下你。我只想知道对你而言，到底是更看重你师父，还是更在乎我。我但求能知你真心所向,请你如实回答。"

对千枝太郎而言,"如实"回答这个问题真是此生最大的难题。因为他自己也不确定这个问题的答案。玉藻等了一会儿,见他只是垂头盯着两人投在地上的黑影,只得低声长叹。

"看来你还是选择了尊师。既然如此我也无话可说。你就和你师父一体同心,尽情地诅咒我吧。不过千枝松你记住,我对你始终不忘初心。无论你师父惹来什么祸事,唯有你,我定会出手相助。请你至少记住这一点。"

说完,她抬起头仰望明月。和昨天被闪电照亮时那凄怆的面容不同,此刻的她沐浴着月光,神清骨秀,真如广寒仙子下凡一般。见状,千枝太郎对师父的怀疑又更深了一层。可他不敢挽留向他辞别的女子,只能恋恋不舍地目送她离去。等他好不容易下定决心叩响信西府邸的大门时,他的双袖已被夜露打湿了。

信西入道立刻接见了他,他传达了师父的口信后,信西入道应允得出乎意料的爽快。

"是啊,本该如此。即使失败了一次,也要舍命再次祈祷——这确实是泰亲应有的风范。老朽本也希望如此,想必左大臣大人也情同此心。老朽明天就前往宇治,向左大臣大人郑重地传达播磨守的意愿。播磨守一人承担了前次失败的罪过,我们本就于心不忍,正在四下运作,希望能减轻刑罚。既然他希望再次进行祈祷,我们岂有袖手旁观之理? 说来,关白大人那边有动静没有?"

"什么也没有。"

"那就好。关白大人本是位贤明之士,不会胡乱降罪于人,只是如今被妖魔所惑,老朽一直暗自担心不知他会如何处理此事。既然至今未下罪诏,说不定此事另有转机。总之,你回去转告播磨守大人,就说此事由信西负责,请他放心。"

千枝太郎虽明白关白大人迟迟未做处理是玉藻暗中周旋的结果,却不敢在信西面前说明。他恭敬地道谢后离开信西府邸,此时月亮较之方才更为明亮,连路旁的柳叶都片片分明。

他出了姊小路,将行至高仓的十字路口时,听见前面传来了犬吠之声。他并没放在心上,继续前行,没想到犬吠声四起,很快猃猃声就连成了一片。

"是盗贼吗?"千枝太郎边走边想。

他年轻气盛,想着如果只是一个贼人,自己也能制服,于是大步赶到十字路口中间。犬吠声越来越近,听动静绝非独犬,而是有犬群从四面八方拥来,像是在包围什么人。

他定睛一看,前方站着一名女子,背朝着他,身躯深深地罩在被衣里,虽然根本看不到脸,但千枝太郎看出那身形似是玉藻。不知她为何还在这里徘徊,以至于被张牙舞爪的犬群远远地包围着。其中甚至有巨犬体大如熊,吼声似虎。可即便如此,它们似乎也没有勇气扑上去撕咬手无寸铁的女子,只对着女子投在地上的影子狂吠不止。

就算素不相识,眼见孱弱的女子被恶犬包围也不应袖手旁观,更何况对方还是玉藻呢？千枝太郎的心咚咚直跳,他先拾起路边的小石子照准领头突进的两三只恶犬劈头盖脸地打过去,趁机奋不顾身地冲进包围将女子护住。犬群并没有因此畏缩,只退了一二间远,继续执着地狂吠不止,千枝太郎也急躁起来。但他身上除了折扇并无他物,只得捡拾地上的石子和土块不停地投掷,并用扇子驱赶扑到眼前的恶犬。

犬群实在叫得太凶,惊醒了睡梦中的居民。路旁的小商店悄然打开一条门缝,发现不是盗贼而是恶犬后,附近的民居里冲出两三个持棍的男子。他们帮着千枝太郎打退了围上来的犬群。见对手越来越多,犬群便也慢慢四下逃散了。

"多谢诸位出手相助。"

千枝太郎向解围的人们道谢,等他再去看被自己护着的女子时,发现她不知何时已经悄悄离开自己身边,躲进一户人家屋檐下的暗影中去了。千枝太郎朝她喊道:"你一定吓坏了吧!恶犬都被赶跑了,可以安心了。"

女子默默地走出檐下,依然将面孔深深地藏在被衣之下,千枝太郎借月光窥着她的面容,问:"是玉藻吗?"

话刚出口,他就悚然一惊。从被衣下露出的脸庞凄惶可怖,竟难以形容。只见她怪异地吊着眼角,眼亮如火,嘴尖似兽。可等千枝太郎再定睛细看,这一幕已如幻影般消散,月下依旧是玉藻那俏丽动人的模样。

"被恶犬围困实在可怕,就算是男子也难以招架。你没受伤吧?"他靠近又问。

玉藻依旧沉默不语,看来她还没从极度的惊恐中缓过神来。千枝太郎向来帮忙的人讨了碗水。喝了水后,玉藻才终于悠悠醒转,但仍不发一言,只默默地施礼道谢。——谢过众人并道别后,千枝太郎送玉藻回去。

"我真是得了你诸多恩惠,"路上,玉藻终于开口说话,"先前被那个发疯的老法师捉住,危难之际也是得你相助,今夜亦是……尤其是今夜所受之惊吓,险些令我觉得此命休矣。"

"关白大人的府上没有养狗吗?"

"我最讨厌狗,所以求大人全赶走了,一只也没留。"

"其实温顺的狗挺可爱的,只是这种群聚咬人的野狗令人憎恶。"千枝太郎说。

"我走夜路被犬群袭扰之事,还请不要对任何人提及。"玉藻恳求道。

"知道了,我不会说的。再说这事要是被人知道了,我也会被责骂的。"

"被尊师责骂吗?"

千枝太郎默默仰望着明月。

"想来也真是奇妙,"玉藻叹气道,"我和你这般亲近,尊师却将我视为仇敌诅咒,你作为他的弟子也必须和我为敌,我二人的将来究竟会如何呢?"

听她这么一说,千枝太郎也被拉入落寞空寂的心境之中。玉藻又说:"虽然絮叨,但我还是要再劝你一句,你那位师父迟早会身败名裂,就算有宇治的左大臣大人撑腰,也难以颠倒是非。你要小心勿受牵连才好。"

两人在关白府邸前别过。千枝太郎赶回师父家时已几近天明。泰亲未睡正在等他,于是千枝太郎赶紧在师父面前汇报了出访的结果。泰亲笑容满面地点点头,"少纳言恩义如山,令我泰亲宛获新生。这件事你办得很好,可谓居功至伟。"

可正说着,他的脸色阴沉了下来,年轻的弟子没能察觉。千枝太郎被师父夸奖后,带着自豪感安静地退回自己房内。虽心中被玉藻前搅得思绪万千,但今夜实在是累坏了,他一沾枕头便沉沉睡去。

千枝太郎未曾想到自己刚从酣梦中醒来,便迎来一场晴天霹雳。天一亮,泰亲就将他叫到跟前,要将他逐出师门。

"为师一向认为你这年轻人前途无量,因此将所学倾囊相授。奈何你执念深重,数度被妖气侵附。你身上显现的死相如今已再难根除。说这话令我于心不忍,像是要将过错推给你似的,但我仍不得不怀疑当初将你选为象征五色的五人之一是否铸成大错,导致祈祷失败。无论如何,留你在此对你我而言均无益处。我看你不如先回你叔父那里,重拾做乌帽子的手艺。若一年半载之后平安无事,则祸事已去,到那时你我二人再续师徒之缘。我并非因厌恶你而要和你断绝关系,反而是因为在乎你。望你也不要怨恨为师。"

说完这番肺腑之言后,泰亲又包了些钱财给他。千枝太郎恍如做梦,不知如何回答,眼中不自觉地泛出了泪光。

折帽人

一

　　“前日之事令我也深感意外。那是泰亲拼却一生的降魔祈祷,我本以为必会成功,却没想到竟狼狈不堪至此。”

　　赖长掩不住声音中的愤懑之情,其中又夹杂着失望的叹息,他瞪着眼睛看着坐在对面、面色沉稳的信西入道。信西昨晚口头对泰亲派来的弟子做出承诺之后,天一亮就赶来拜会赖长。他事先也想到赖长对泰亲的失败势必会勃然大怒,但看样子情况比想象中还要严峻,这令他有些犹豫,可又不能就这么缄口而归,于是他拢了拢枯叶色直衣的袖子,慢腾腾地说:“这一点泰亲也很懊恼,他甘心受到任何责罚。”

　　“这是自然,想必剥夺家职、流放他乡是逃不掉了,他自己大概也有此觉悟。就算我装聋作哑,我兄长关白大人也绝不会善罢甘休。更何况他身边还有那个玉藻在。泰亲定是在劫难逃。”赖长气愤难平地骂道。

　　“其实,泰亲昨夜曾派遣弟子暗拜老朽。”

"求您帮他开脱吗?"

"非也,他想再试一次降魔祈祷……"

"唔……"赖长偏了偏戴着乌帽子的头,"入道您对此怎么看?"

"依老朽愚见,不如就依泰亲所愿,助他再进行一次七十日的秘密祈祷……"

信西对赖长晓之以理动之以情,反复劝说:在前次较量中,泰亲虽一败涂地,但放眼整个都城乃至全国,能完成此役的仍唯有他一人。况且他会以上次的失败为耻,再次施术时定会拼尽全力、孤注一掷,因而还望务必成其所愿。若仍不能成功,就彻底放弃这注定不成之事,另寻他法。总之还可以让他再试一次。

赖长全神贯注地听着这番冗长的说明,不时地眨巴着眼睛,最后恍然大悟地点了点头。

"好吧,就如泰亲所愿。只不过若是再次失败,等着他的必是重罪无疑。这一点也请入道对他说清楚。"

"大人英明果断,老朽也在此一并谢过。"信西愁眉顿展,恭敬地施礼道。

这个问题暂且告一段落,两人又如往日一样亲密无间地探讨起学问来。期间,赖长压低声音对信西说:"入道啊,我们兄弟虽然不和,对外却始终应该团结一致。如今有惊世旷古的妖魔意图祸乱日本,将世间拖入幽冥深渊,可值此危急之际,做兄长的却因嫉妒弟弟而处处针锋相对,多么可悲可叹!"

"此皆因关白大人的心窍已被妖魔所惑之故。我们虽不愿承认，但大人近来的言行举止实在……"

"是，我正是此意，"不等信西说完，赖长向前探出身子，有些迫不及待地说，"我想不用我重申，您也已了然于胸。兄长早已不同往日，倔强倨傲、盛气凌人，这哪是权倾天下的宰相该有的品行？若兄长心态不变，即使诛灭那玉藻一人，难保不再出现第二个玉藻。正所谓国之将亡，必生妖孽。然我赖长认为，并非妖魔现世而颠覆国家，而是国之将倾妖魔方现。不知入道意下如何？"

信西默默注视着赖长。想要回答这个问题谈何容易。诚然，赖长的想法自有其道理，甚至很可能是正确的。然而他一旦回答，便意味着不得不彻底站在赖长一边，这令他有些犹豫，不知是否该在此贸然发表自己的看法。

从方才的话中，赖长的意思已明白无误，他除了想诛杀玉藻之外，亦打算推翻其兄忠通。赖长坚信妖由人兴，而引来妖魔的罪人正是身为关白的兄长。因此就算消灭了玉藻，有其兄长在，仍会再次引来妖魔。无论怎么考虑，信西都难以开口回答。

他素来与赖长亲近，并对其才学赞不绝口，却也不曾因此就与其兄为敌。他对忠通亦像对赖长一样素有情谊。往大了说，是为了天下，往小了说，是为了自己。在如今的形势之下，他之所以倒向赖长一方，不过是因为想要消灭妖魔、诛杀玉藻而已，并不是为了引起赖长和忠通的不和。在这点上，他和赖长立场不同，因而无法赞成赖长的提议。他明白自己一旦赞成，就必然要和赖长同盟，陷入与忠通为敌的窘境，他对此深感担忧。更确切地说，这位年迈的老入道认为此举极其愚蠢。

和那些只会吟诗作歌却别无他才、戴冠缨①佩弧篍②却手无缚鸡之力的公卿官吏们不同，少纳言入道信西素以博学广识而举世闻名，根本没必要为了自己的地位去阿党相为、曲意逢迎。他自信无论是忠通还是赖长获胜，或者他们兄弟二人两败俱伤，自己的地位都不会被轻易动摇。

正因为有如此强大的自信，在信西看来站在哪一方都是无用的努力。他打算采取大事化小的原则，弥合兄弟二人的关系，如果实在看不到两人重归于好的希望，便悄然放手隔岸观火，这才是他心中处世的万全之策。不过眼下，他必须给出一个回答，老奸巨猾的他决定巧妙地避重就轻。

"只是这祸事已然临头，当务之急要想方设法平息才是。若众人皆能从中鉴往知来、引以为戒，则天下自然安享太平，不会再重蹈覆辙。"

"话虽如此……"赖长很勉强地点了点头，似乎一时找不到当面反驳的理由。

两人一时皆词穷。绘着秋草的幔帐随晨风轻摇，螽斯在廊边的精美描金虫笼里叫了一声。

"主公，属下回来复命。"

①武官正服冠上的卷缨，由马毛编织而成。
②随身携带箭矢的用具，筒状，佩于右腰，除了仪式作用外并无实际用途。

一个年纪三十二三的武士恭敬地半跪在檐廊边行礼,此人看上去颇为精明能干,有一双和其主公同样锐利的眼睛。

"哦,是兵卫①啊。近前来。"

赖长扬脸示意,藤内兵卫远光抬起头,看见信西入道也在,便恭敬地留在式台②处。

"如何? 京城内外可有什么值得注意之事?"赖长轻声问道。

远光是赖长的心腹武士,一直来往于宇治和平安京之间充当耳目,事无大小都巨细无遗地禀报给主公。赖长因他的线报掌握着世间的一切动向。

"听闻玉藻前明日将前往三井寺参拜。"

"玉藻要去三井寺?"

赖长和信西面面相觑。

"山门和三井寺之间结怨已久,莫非她想借参拜三井寺之名行挑唆之实,借此引发世间动乱?"赖长像是看透了一切,讥笑道,"然兹事体大,山门的暴躁僧人们断不会袖手旁观。想必是企图再次挑起山门寺门间的纷争,真是卑劣之极。"

叡山③和三井寺积怨多年,当年因设立祭坛之争,导致三井寺的赖豪阿阇黎愤怨而死,甚至传说其怨灵化为了老鼠。而妖女玉藻此次却偏偏要去三井寺参拜,不知打算引出什么祸端来。

---

① 负责皇宫守卫的武官,也充当天皇的亲卫队。
② 和室门口略低于房间的一块铺着木板的部分。
③ 即比叡山,延历寺所在地。

不管她使用什么手段,归根结底是想煽动三井寺的僧人与叡山为敌,企图利用他们的宿仇搅乱佛法,借机巧设圈套祸乱王法。想到这里,信西愁眉深锁。

"此女作恶多端,且手段愈发厉害,终会防不胜防啊。"

"的确如此,不知她以后还会使出什么招数,"赖长用力地拍了下奴袴下的膝盖,"我说入道啊,看来我们已不能再优哉游哉地等着什么七十日祈祷了。您去告诉泰亲,现在最要紧的是尽早诛杀那妖女!"

对此信西也深表赞成:"您所言甚是。老朽也会殚精竭虑,尽快想出消灭妖魔之法。"

<br>

# 二

八月十一日仍是晴天。自几天前的那场大雨之后,阳光在明媚之余便多了几分秋意,即使在白天,浮蓝漾波的湖面上吹来的风也带着一丝凉意。

一架青线装饰的牛车悄然停在三井寺的山门前,而此处已停着一辆紫线装饰的牛车。一张黑漆脚踏被放在后来的青线牛车后,车帘徐徐卷起,露出了玉藻白皙的脸庞。正巧一阵秋风吹来,轻轻拂动她绯红色的打袴,她娉婷地走下牛车,伫立在寺门前的一名武士便立即气势汹汹地走上前来。那武士正是藤内兵卫远光。

"来人可为参拜三井寺而来?"他施礼问道。

玉藻的随身武士中有人认出了远光,回答说玉藻代关白大人前来参拜,远光听了露出一副为难的神情。

"不巧现在宇治的左大臣大人正在参拜。任何人暂且不得入内,还请见谅。"

　　见他阻拦,玉藻的随从们也恼怒起来。像是责问远光难道看不见车上的青线似的,他们回头示意自家的牛车后说:"方才也说了,我们是代关白大人前来参拜的,不得阻挠!"

　　看着对方炫耀他们车上的色线,远光也用下巴努了努自己主公的牛车,反怪对方没看到上面的紫线。他说:"那是关白大人的牛车不假,可前来的不过是代为参拜之人,还是女子,我看你们还是暂时回避吧。"

　　他的语气虽然平和,却拦在牛车前,不客气地伸手抓住车辕,似乎想推他们回去。

　　紫线牛车旁还有七八个魁梧强健的武士,下巴上紧紧地勒着乌帽子的系带,正虎视眈眈地紧盯着这边。其中有人已经将手放在了太刀柄上。他们从一开始就摆出一副凶神恶煞的架势。玉藻这边的侍卫虽然在人数上和对方旗鼓相当,却都算不上精挑细选的武士。这次冲突在他们意料之外,令他们有些却步。

　　面临这种局面,玉藻本人又会做何表示呢?双方都将视线投向玉藻以观其色,玉藻见状淡然开口道:"哎呀,这可真是奇事。代理即可看作关白本人,哪有听从身为弟弟的左大臣之令回避的道理。"

　　说完她回头看着自己带来的侍从,一挥扇子让他们一起上。众人打算一拥而上,远光却依然挡在前面。

　　"不可,只要我等在此,任何人都不得……"

　　"不得入门一步吗?"

"无须多言，不行就是不行。"

"无论如何都不能通融？"玉藻也沉下脸来。

远光没再回答，而是死死瞪着对方的眼睛。这时玉藻像是察觉到了什么，突然用扇子遮住脸，朗声大笑。她挑起眉，眼带讥讽地回头往寺院山门的方向看了看，便神色自若地回到了牛车的车厢中，低声命令牛车回头。很快就见牛拉着车缓缓而动，掉转车辕向平安京方向行去。

说时迟那时快，一枚白羽箭破空而来，从装饰着青线的车顶上飞掠而过。众侍从闻声大惊，待回头看时，第二枚箭紧跟着射到，这枚黑羽箭穿过车厢后的青色流苏，将它打落在地。

"呀，竟放冷箭！何等卑劣之辈……"

侍从站起来破口大骂，却被竹帘内的玉藻制止，牛车巨大的车轮徐徐碾过地面，驶向京城。见青色的车影渐行渐远，赖长从山门的阴影中走出。两名拉弓搭箭的武士跟在他身后，颇为懊恼地咬着嘴唇。得知玉藻今日会来参拜后，赖长抢先赶到这里做了埋伏。远光在主公的授意下，故意拦住玉藻的去路无理取闹，本打算赶走关白家的侍从，再趁机就地诛杀玉藻。跟在赖长身边的两人分别叫作藤内太郎和藤内次郎，均是首屈一指的神箭手，早就拉弓搭箭等在一旁，只待玉藻进入射程范围就立刻将其射杀，没想到那么快就被玉藻识破。她将计就计，带着轻蔑的笑容扬长而去。两人不想错失良机，在赖长的示意下赶紧向牛车追射，却都不可思议地射偏了。不知是否因为放箭时操之过急,两人的弓弦俱断。牛车的车轮发出刺耳的碾压声,就像嘲笑着他们似的大摇大摆地走远了。

目睹了这令人畏惧的神通后,两名弓箭手和远光都瞠目结舌、呆若木鸡。赖长见状颇为恼怒,但他知道此时家臣们深受震慑、又惊又恐,叱骂他们也无济于事。

"没让恶魔迈入山门,也算不枉此行。"

赖长只能如此宽慰自己,返回宇治。之前的求雨和今次的埋伏都功亏一篑,令他心神不宁。他担心妖女前来报复,从这一夜起增加了值更的武士,暗中加强戒备,却并无祸事直接临头。不过,玉藻也不打算善罢甘休,她一回到平安京就向忠通禀明了在三井寺的始末缘由。

"你代我前去,竟然连寺门都不让进?甚至还在你已服软回头之际射来冷箭,真是岂有此理、卑劣之极!赖长这厮真是越来越放肆了。我一刻都不能再容他。这小子、这小子!我要将他践踏成泥,将他宇治的府邸夷为平地!"忠通恼羞成怒地破口大骂。

"虽然如此,还请您暂时忍耐……"

"你怎么还要阻拦我?你要袒护仇人吗……"

"并非袒护。就算那些人千方百计要将妾身置于死地,可邪不能胜正,只要行得端坐得正便自有神佛庇佑。前不久的求雨便是明证。只要诚心正意,神佛定会降下神迹。"

"可我实在忍无可忍了,人的宽容和慈悲都是有限的!赖长恐怕是我前世的仇人。如今不是他死就是我亡,反正我兄弟二人不能共存于世。"

"这么说,您无论如何都要去讨伐左大臣大人?"玉藻不安地问。

"当然!"

"那么,您的帮手呢?"

此问一出,顿时将忠通逼至绝境。他自己也心知肚明,自从这个夏天闭门不出以来,自己的支持者都渐渐疏远,登门看望的人也与日俱减。这些人弃他而去后都聚集在赖长的保护伞下。一想到这里,忠通就怒从心头起。

"昨日之友今日成敌,这世上无人靠得住。若我宣称讨伐赖长,响应之人恐怕寥寥无几!"他发出一声凄厉的长叹,如同对这个世界发出的诅咒。

玉藻却劝慰他说,即使是昨日之友成今日之敌的世道,亦会有机遇来临。她满不在乎地向忠通解释道:正因为倒戈之人很多,一旦己方声名复起,昨日之敌便又会瞬间转变为今日之友。说实话,当今朝堂之上有风骨的人极为罕见,就连信西入道也沦为了见机行事的奸诈之徒。也就是说,只要想办法挫败赖长,其余人等自会翻然改图,重回己方阵营。想要达到这个目的根本就犯不着大张旗鼓地宣扬诛戮讨伐之事。

"倒是先前所说采女一事,不知能成否?"

"此事已无悬念,今次必成。"忠通露出得意的笑容。

之前在赖长和信西的阻挠下,玉藻入宫一事不了了之,但今非昔比,玉藻求雨大显神通,此不世之功应该早就传至宫中,推荐玉藻入宫应当不会再遇挫折。就算对方固执己见也于理不合。现在理直气壮的是己方,对方则辞穷理屈、不堪一击。与其急于求成、强行拉拢靠不住的联盟击溃赖长,还不如推荐玉藻成为采女,以一己之力压制对手来得更为安全有效。想到这里,忠通也改变了主意。

"我向你保证,这次绝不会再假手于人。近日我将带病上朝,如还有人横加阻挠,我定要当面驳他个哑口无言! 哈哈,今次必成……今次必成啊!"

忠通语气阴森,仰天大笑。玉藻的眼眸中也闪烁着怪异的光芒。

# 三

"哟,这不是千枝松吗? 什么时候回来的?"

陶匠老翁转过脸来笑了。他暂时搁下手中正在制作的陶壶,在狭窄的作坊入口招呼千枝太郎进来。

"这阵子听说你回家来了,怎么不早点来找我呢? 老婆子死了,隔壁的阿藻家也搬走了,后来住进去的人跟我一点儿也不熟。这四五年间,就连我们这种乡下地方都物是人非啦,老相识越来越少,真叫人寂寞。对了,你怎么会从你师父那儿回来? 在京城奉职很辛苦吗?"

秋日的阳光透过竹帘的缝隙照在作坊湿润的土地上。千枝太郎沉默地盯着那白晃晃的地面好一会儿,才终于低沉着声音说:"我被师父逐出师门了。"

"逐出师门……"老翁皱起了白眉,"你犯了什么过错?"

"师父说留在他身边对我不利,让我回来。"

"这又是为什么呢?"老翁仍旧一脸困惑,"不过,既然你师父这么说了也没办法。你今后有什么打算？你叔父年纪也大了，我听他说近来做生意有些力不从心。回来说不定还是件好事，你还年轻，努力干活，好好孝顺你叔父叔母。你看呢？"

"嗯，我也是这么打算的，这些日子都出门揽活。你看那个。"

他往门外一指，只见门口放着制作乌帽子的行头。老翁点点头。

"哦哦，好得很、好得很。你现在和以前的千枝松不一样啦，是个堂堂男子汉，再加上这手艺是你从小就做熟的，只要勤勉努力，不愁日子不好过呀。"

天性无忧无虑的老翁发自内心地露出亲切的笑容，像是回想起了少年时期的千枝松。千枝太郎也怀念地环顾四周，无论是对面那小小的陶窑、将屋子分割成里外的大炉灶，还是摇摇欲坠的架子都一如往昔，没有丝毫变化。老翁那苍老的额头沐浴在秋阳下，看起来皱纹也没有增多。虽斗转星移，却没在山科乡的陶匠家中留下岁月的痕迹，一切都安详如故。可实际上，从久安四年到仁平二年——足足五年的时光飞逝，自己身上又变化几何呢？千枝太郎不禁回忆起了往昔。

他本该继承叔父之业，成为乌帽子手艺人，却因被阿藻抛弃，机缘巧合地拜在了天下闻名的阴阳博士门下。此后，他备受师父器重，未来可期。然而这份幸运未能长久，只因今年三月偶然与玉藻重逢，本已熄灭的相思之火在心头再度熊熊燃起。其间师父危言劝诫，自己也心存防备，想要尽力远离疑为妖女的玉藻，奈何结不解缘，此后竟数度与她不期而遇。每一次都令他意乱情迷，他虽然竭力克制，却终不能自己，被一步步引入她的温柔乡。这些全被宛如神明的师父看破，以一颗慈悲之心与他断绝师徒关系。事到如今即使负荆请罪，也不可能令师父回心转意，他只得黯然神伤地离开师门，回到山科的故乡。

回来见叔父叔母老迈衰弱，千枝太郎始料未及，心中悲戚。面对被逐出师门的侄子，两位老人非但没有一声叱责，还深情地迎他回家，这令他终于涕零如雨。足足五年光阴，他跟随师父潜心修学，但既已离开师门，便不能再以此安身立命。他已长大成人，足以独当一面，不能再置身生计之外，更不能成为叔父叔母的累赘，于是他打算重拾儿时的乌帽子手艺，想多少帮上叔父一点儿忙。叔父也高兴地同意了。自此以后，千枝太郎便和叔父一起出门行商，有时也会独自外出招揽客人。不到一个月的时间，他已经渐渐习惯了这份工作，清早出门，日暮方归，总能带回一些钱来，年迈的叔父叔母见家中终于有了顶梁柱，自是欢喜不已。

千枝太郎也在这段时间里彻底认命死了心，打算至少在这段时间里努力工作，尽心孝顺叔父叔母。至于师父的事、玉藻的事，虽然仍将他的心堵得满满当当，但他已经决定要努力忘记了。

今天他又想到这些，不免发起呆来，这时，老翁嫌照射进来的阳光愈发刺眼，慵懒地站起来放下门口的蒲帘。

"千枝松啊，你在想什么哪？你叔父叔母看你回来肯定很高兴，我看到有老熟人回来也开心。今后要和以前一样常来玩儿呀，好吗？你看隔壁门口的那棵柿子树，果子一年大过一年，今年秋天一定也会大丰收的。"

"应该会吧。"

刚才站在门口时,千枝太郎也仰望过隔壁那棵柿子树的树梢。树上的果实尚青,还看不见那些大乌鸦的踪影,却仍不可避免地令他想起了那些和阿藻一起驱逐可恨乌鸦的秋天。现在听老翁这么一说,他透过蒲帘的缝隙看着外面,低低地叹息了一声。

"时间过得可真快啊。"

"可不是嘛。我家老婆子都已经走了四年了。"老翁也露出一丝落寞的神情。

千枝太郎意识到和自己关系不好的老婆子之死说不定也和阿藻有关,便装作不经意地问老翁:"阿婆已经过世四年了吗?她为何会那样离奇地死去,至今还原因不明吗?"

他又问起老翁在那之后可曾遇过什么怪事,老翁回答:"说到怪事……好像就只有一件。对了,那是去年秋天……我记得好像差不多就是现在这个时候。村里有个人叫弥五六,你应该也认识……他在某个暗夜经过小町泉水边,看到有位风华绝代的华服美人独自在黑暗中前行。令他觉得不可思议的是,那美人身上裹着一圈淡淡的光辉,远远看去朦朦胧胧的。弥五六觉得实在古怪,便偷偷跟在后面,眼见那美人消失在了古冢森林的深处。"

千枝太郎屏息聆听。

"弥五六吓坏了,赶紧逃了回来。第二天跟街坊们一说,大家都觉得很神奇,但都不明所以。没想到就在那天晚上,弥五六突然横死,死状和我家老婆子一模一样,都是被咬破了喉咙……"

"那美人什么模样?"千枝太郎赶紧追问。

"这就不知道了,又不是我亲眼所见,都是听别人说来的,"老翁平静地回答,"但我觉得可能就是古冢的主人。弥五六不幸撞见了她。那之后大家都以此为戒,日落之后绝不会靠近那座森林一步。"

"真是不可思议。"

"与其说是不可思议,还不如说吓死个人。你也要小心别撞见了妖孽作祟。老婆子和弥五六就是前车之鉴啊。"

千枝太郎心中疑窦丛生,怀疑那美人可能就是玉藻。若果真如此,则说明阿藻已遭古冢主人附身,被替换了灵魂。就算外貌还是以前的阿藻,身体里栖息的却是名为玉藻的恶魔。他为解开这个疑问,决定从今日起夜夜在森林周围徘徊,一探那位神秘美人的真颜。他想以此在师父面前将功补过、求得原谅。

千枝太郎急忙结束了和老翁的闲谈,快步走出门去。出门后,他又抬眼向隔壁柿子树的枝头看去,高高的树梢极大地伸展着,像是托起了辽阔的青空,树枝间长满了大如铜铃的果实,很多都已开始微微泛红。年少的阿藻和美艳的玉藻的脸合二为一,如一道电光在他眼前闪过。

"生意要晚啦!"

他发足向平安京方向奔去。

因为怕撞见同门或熟人过于难堪,他至今还未去过京里揽活,但叔父说想要生意兴隆就得去京中走街串巷,他自己也意识到了这点,终于在今天下定决心来到繁华的街道上招揽生意。可没想到盘算落了空,没人愿意请一位面生的年轻手艺人,令他很是灰心丧气。他在京中街道上耐着性子招揽了整整一天,却一文钱也没有赚到。

九月初的暮色总是来得匆忙,秋日说沉就沉,西山吹来的风带着一丝寒意侵入他的麻布衣衫,千枝太郎渐渐心灰意冷,拖着疲惫沉重的双腿打算回家,心中懊悔极了:早知如此何必特地跑来京城丢人现眼呢? 就在他走到六条桥边时,突然被人叫住了。

"是做乌帽子的吗? 有生意光顾你。"

他回头一看,叫住他的是位年近六十、风度翩翩的武士,戴着引立乌帽子①,穿着半葱绿半茶色的片身替②直垂③,腰佩长太刀。他胡须已白,用关东方言对千枝太郎说:"老夫刚入京不久,对京城尚感生疏,看你的模样应该是乌帽子手艺人吧,可否劳烦你?"

"感谢惠顾。"

千枝太郎赶紧放下担子,武士回头招来一名家臣,让他在此等乌帽子做好,自己则径直走开了。

"天色已暗,看得清楚吗?"留下来的家臣看着千枝太郎做活的样

---

① 折叠着戴在头盔下的揉乌帽子(不涂漆加固,以柔软为特征的乌帽子),脱下头盔后,可以在头顶直接进行调整塑形。

② 衣服的一种设计样式,左半身和右半身采用的布料不同。

③ 平安时代的一种服装,垂领(左右相交),广袖,袖、腋、裤处系带。本为平民劳动服,后成为武士便服。

子说。

"不碍事，很快就折完了。"千枝太郎边做边说，"几位大人是从关东来的吗？"

"是啊，我们打相模①来的，"家臣昂首挺胸地站着，得意地说，"我主公可是三浦介②大人。"

"三浦介大人……难道是衣笠城③的三浦介大人？"

"你知道得还挺清楚嘛。方才和你说话的正是三浦介大人。"

家臣告诉千枝太郎，定做乌帽子之人是相州④衣笠城城主三浦介源义明⑤。三浦介和上总⑥介平广常⑦同为京城守卫，最近才刚刚从关东被召至平安京。

"能为如此声名赫赫的武将折帽，我身为手艺人深感为荣。"千枝太郎衷心地说。

"难得你有这份心，可要加倍用心才是。"家臣用直垂的袖子擦了擦鼻子。

这位关东武士看来也是初次上京，特地穿上了锦衣，一身蓝色的直垂看起来还相当之新。

---

① 日本古代令制国之一，相当于现神奈川县的大部分地区。

② 日本古代至中世时期的官名，由中央派遣至地方的行政官分为四等，从上到下分别为：守、介、掾、目。

③ 平安时代后期到镰仓时代中期相模国的山城，位于现神奈川县横须贺市。

④ 相模国的别名。

⑤ 源义明（1092—1180），平安时代后期的武士。

⑥ 日本古代令制国之一，相当于现千叶县中部地区。

⑦ 平广常（？—1184），平安时代后期武将、豪族。

三浦之女

# 一

三浦的家臣夸耀般地打开了话匣子。

他谈及主公三浦介的孙女名为衣笠。以家族代代居住的城池为孙女取名,可见这位小姐有多受宠爱。衣笠小姐年方十六,容颜之美在相模国无人能出其右。此次祖父义明上京述职,出于一片慈爱之心,想让心爱的孙女也能一睹京中风采,才不远万里将她一并带来,没想到这花之都徒有虚名,竟没有能与之媲美的佳人。家臣自己每天跟随在主公左右,将京城内外都参观了个遍,也没遇见哪个女子如衣笠小姐那般美貌。虽不知在京中声名鹊起的玉藻前是何等人物,只怕是也无法和衣笠小姐相比。

乡下武士吹嘘自己的主公是很常见的事。千枝太郎半真半假地听着,在他想象中三浦的孙女应是位端庄娴美的佳人。年轻的乌帽子手艺人有心想一睹这位相模美女的风采。

"三浦大人应该带来了不少随从吧?"他问。

"二十人左右吧,此外还有衣笠小姐和她的两名贴身侍女。"

"有二十人这么多,想必也有乌帽子之需吧？请问,诸位大人下榻何处?"

"在七桥。要不你时不时过来看看有无生意可做。"

"到那时还请您多多关照。"

千枝太郎和家臣约好后便就此别过。回家后说起今日之事,做了一辈子生意的叔父大六说:"没有人缘就做不好生意,这个道理放之四海皆准。手艺人和商人要是维系不了人际关系就难以谋生。你运气不错,能和三浦介大人的随从们混个脸熟。关东人慷慨大方,你可要抓住机会,时时去他们下榻处走动走动,万万不能错失这些大主顾啊!"

千枝太郎心中还挂念着古冢之事,但今天在京里奔波了一天已经筋疲力尽,当晚就直接睡下了。翌日一早,他又去了京城。

他来到七条打听三浦家的下榻之处,刚巧碰见了昨天的那个家臣。家臣换了一身和昨日不同的直垂。千枝太郎亲昵地上前搭话,最后连对方的名字是小源二都打听出来了。

"恕我失礼,您乌帽子的式样和这身衣服并不相配,乡土气息太重了,不如我为您做个京中式样如何?"

他为小源二做好新帽子,没要钱,转而恳请对方带他进入三浦宅,并在其他人面前美言几句,让他能招揽些生意。小源二欣然应允。

"那你跟我来吧,我们的住处就在这附近。"

他们的临时住处似乎是什么人的空宅，大而荒芜，昏暗的庭院中秋草丛生，沙沙作响。七八个家臣盘腿坐在执勤候命的地方，小源二将千枝太郎介绍给他们后便又出门去了。

主公不在，无所事事的家臣们正好也百无聊赖，就向千枝太郎打听京里的名胜古迹和风俗习惯。其中也有人需要定做乌帽子，于是千枝太郎一边干活儿，一边使出浑身解数讨他们开心。这些关东汉子都是实诚人，很快就信任了这个此前素未谋面的乌帽子手艺人，对他无话不谈。说着说着便说到了衣笠的事。

"听闻这位小姐容貌倾国倾城，不知今日出门没有？"千枝太郎问。

"哦，尚在内室，"有人回答，"对了，不如你进去拜见她吧。我家小姐因为是大家闺秀，不便每天出门抛头露面。再加上是头回上京，在这儿也没有相熟的朋友，每天只能和侍女为伴，那郁郁寡欢的样子看着真是可怜。要是你能在她面前说说京里的稀罕事儿，倒也能当消遣……"

千枝太郎正求之不得，殷切地表明自己愿意效劳，于是家臣之一便起身去了内室，不一会儿带来一名侍女模样的女子，让千枝太郎随她去院门处。千枝太郎跟着侍女穿过杂草丛生的院落走向内室，虽是白天，但厅堂内光线昏暗，一位美若九天仙子的少女坐在厅中，还有一名侍女侍奉在侧。

"奴婢将乌帽子手艺人带来了。"领千枝太郎进来的侍女说。

她将千枝太郎留在庭院里，自己走上檐廊，端坐在主人身旁。

"初次觐见，小人惶恐。"

千枝太郎跪伏在草地上行礼,同时偷眼去看。坐在正面的那位少女毫无疑问是三浦的孙女衣笠,她虽比玉藻年少些,但那模样简直就和玉藻是从同一个模子里刻画出来的。千枝太郎强行咽下差点儿脱口而出的惊叫,稍微直起身子不加掩饰地凝视着那张脸。少女长得实在是太像玉藻了,这令他感到心中微微发毛。他甚至疑心妖怪就隐匿在这空屋深处,等着自己前来自投罗网。

秋阳淡淡的光辉投在院落的荒草上,红蜻蜓三三两两地飞过。千枝太郎沉默地低下头,只用余光看着眼前这一切,侍女们开始轮流询问他京里的名胜逸事。

看来叫他进来本来并非这位小姐的意思,她也是受了想借由和京中男子聊天打发无聊的侍女们的怂恿。少女始终未发一言,腼腆地听着。千枝太郎并不满足于此,他想听听这位酷似玉藻的少女会说出什么话来,可那两个聒噪的侍女说个不停,少女却始终双唇紧闭。直到他说到被渡边纲斩断手腕的一归桥鬼女时,少女终于蛾眉轻颦。

"此等不可思议之事果真发生过吗?"

这声音不同于少女常有的怯怯之声,毫无弱不禁风之感,在优雅之中蕴含着一股勇气,明澈清朗。千枝太郎讶异地再次抬眼看向那张脸,这才发现这位叫衣笠的少女虽然酷似玉藻,但两人美貌所呈现出的气质截然不同。玉藻妖娆艳丽,衣笠则端庄秀丽。千枝太郎暗暗比较了两者的不同。他那颗除了玉藻之外从未青睐过其他女子的年轻的心,被一根看不见的丝线牵拉着,不知不觉倾向了衣笠那方。

"你说的真是有趣,还请明日再来。"侍女们说。

"明日我定会再来问候。"

约一个时辰后,千枝太郎告辞离开。之后他仍在京城街巷内招揽生意,依然无人问津。好在三浦宅的几单生意令他收获颇丰,他轻松愉快地回到了山科乡。

翌日,千枝太郎早早起来赶往京城,直奔三浦府邸,却从小源二那儿听说了意想不到的事——昨晚,衣笠被鬼怪袭击了。

"我当时并不在场,是听侍女们说的。"小源二重新系好乌帽子上的系带,低声对千枝太郎道,"昨日傍晚,衣笠小姐走到廊边,正沉浸在声声虫鸣中,却见院子的草丛中有烟雾般的影子晃动。她定睛一瞧啊,那影子竟然幻化成一位绝色的华服美人,手持打开的衵扇,冷冷地对小姐说:'你若在京中久待必遭祸事,早点回故乡去吧。'不过我们衣笠小姐生性刚毅,眼都不眨地死死瞪着那个怪物,只听那美人又接着说:'若不听我好言相劝,你必死于非命,到时再后悔可就迟了。'说话间,那衵扇之下露出一张变幻莫测,可怖之极的脸——竟分辨不出那是人、是鬼、是怪、还是野兽……侍女们早就吓得魂飞魄散,捂住脸匍匐在地,而衣笠小姐仍面无惧色,掏出怀中的佩刀持在手中,以一副御敌之姿傲然怒视对方,那神秘美人却讥讽地轻声冷笑着消失在草丛之中。主公听说此事后,认为此古宅必有妖怪栖息,命令我等将其驱逐出去。于是,我们一行人打着松明火把,从地板下到庭院的角角落落,里里外外巨细无遗地搜了一遍,可连一只黄鼠狼的影子都没寻见。想想还真是不可思议。软弱的侍女倒也罢了,可连衣笠小姐都看得清清楚楚,想解释为胆小鬼看花了眼、自己吓自己也说不过去啊。"

千枝太郎云里雾里地听着,小源二又说:"所以我今天一大早就作为主公的使者,去土御门拜访了安倍泰亲大人。"

"是吗,你去了土御门? 那播磨守大人占卜出什么结果了吗?"千枝太郎问。

"播磨守大人正在闭门思过,所以我没能见到他,他让弟子转告了我们几件事,说我家小姐被妖魔盯上了,二十一日不得外出,甚至不能见任何人。因此主公下令陌生人等一概不得入府。虽然对你有些过意不去,不过你暂时也不能出入。"

千枝太郎颇感失望,但也无可奈何,只得沮丧地与小源二告别。就在他打算离去时,一辆青线牛车静悄悄地驶过三浦宅前。经过他身旁时,车窗的竹帘被微微挑起,一张女子白皙的面孔一闪而过。千枝太郎觉得自己看见了玉藻,正回身欲看个究竟,竹帘却已被无声无息地放下了。

唯有那女子凌厉眼神中熊熊燃烧的炉火,残留在千枝太郎的记忆中。

# 二

　　千枝太郎边走边回味从小源二那里听来的怪事。他既为没能见到衣笠感到失落,又对那个神秘美人的身份疑心重重。他心里首先怀疑的就是玉藻。

　　他怎么想都觉得三浦宅前遇到的那架牛车中的人就是玉藻。虽然在路上遇见玉藻也算不得稀奇,可千枝太郎怀疑那根本就不是偶然。疑心渐渐扩大,最后甚至令他得出了昨晚衣笠所见的神秘美人可能也是玉藻的结论。

　　可是玉藻为何要恐吓三浦家的小姐呢?而且从小源二的描述中能够想象出她的行径绝非普通人类。他想起了那日被犬群围困时玉藻凄厉的脸。紧接着,昨早陶匠老翁提及的参拜古冢的古怪女子之姿又浮上心头。综合种种,难道徘徊在古冢附近的女人和侵入三浦宅中的女人皆是玉藻?为了弄清真相,他决定今晚埋伏在小町泉水附近,亲眼一睹那周身放出怪异光芒的女子真面目。

这一天也没有招揽到什么生意，他早早回到家中。等到夜幕降临，他动身前往古冢所在的巨杉森林，埋伏在近旁。暗夜中湿气深重，夜鹭的啼鸣不知自何处传来，划破低空中的黑暗。他足足等了两个时辰，指望着有什么会在眼前现身，却一无所获，只得无功而返。

翌日，千枝太郎又去了京城，站在三浦府的门前。他想知道衣笠后来的情况，便耐心地在门前转悠，终于等到一个面熟的家臣走了出来。千枝太郎叫住他打听，得知此后并无怪事发生，衣笠也平安无事，三浦介为了镇住妖魔还施行了蟆目①之法。千枝太郎这才稍感安心，不过心里还是为没能见到衣笠而感到失落。他像是被什么勾住了魂似的，呆呆地在门外站了一会儿。

等千枝太郎终于下定决心离开，却走向了土御门的方向。昨天从小源二的话中得知师父泰亲平安无事，同时也唤起了他心中对师父的想念，虽不被允许当面探望，但他想哪怕在府邸外远远地看一眼也好。他走近府邸，悄悄向里张望，只见系在檐下的注连绳寂寞地在秋风中摇曳，那株熟悉的大桐树上叶片干枯如朽，不时沙沙作响。仰望这一幕，一股无法言喻的悲伤和怀念涌满心间，令千枝太郎湿了眼眶。他不由得跪倒在地，远远地向师父谢罪。这时忽闻头顶有人喊他。他惊讶地抬头一看，原来是师兄泰忠。

“我听说你做回乌帽子手艺人了，如何，别来无恙否？”

久违地听到师兄亲切的声音，千枝太郎更是悲从中来。他双袖拭

---

① 类似于鸣镝箭，箭头纺锤状，中空，表面凿孔，射出时会发出响声。古代日本常将其作为降魔法器。

泪,回答道:"看到师兄一切如常我也安心了。被逐出师门后也不知能做些什么,不得已才拾起了这低贱的旧手艺,实在无颜再见旧日同门。说来,师父近况如何?"

"自你走后,师父仍为降妖伏魔呕心沥血,日不能休、夜不能眠,"泰忠语带忧愁地说,"更让人沮丧的是妖魔日渐猖獗。你可能还不知道吧,玉藻终于如愿入宫为采女了。"

泰忠懊恼地告诉千枝太郎,日前,忠通亲自正式举荐玉藻,赖长的反对依然强硬,但忠通拒不让步。毕竟此前玉藻祈雨显示神迹,其名已传遍宫中。面对对手的优势,赖长唯一可仰仗的同盟者信西入道却采取了模棱两可、暧昧不明的态度,压根儿就没帮上忙。赖长虽然一贯在暗地里鄙斥兄长的文弱,但对薄朝堂时却不能直言不讳地贬低忠通。此外,忠通手中还握着他埋伏在三井寺暗放冷箭企图加害玉藻的把柄。如此种种令他备受掣肘,虽然心中烦躁却无法正面放手一搏。就这样朝堂上的形势渐渐有利于忠通一方,玉藻入宫为采女一事已成定局。

"左大臣大人也说,如今唯有仰仗师父一己之力了。师父日夜祈祷,真担心他会因此耗尽心力。你知道吗,我等弟子也都备尝辛苦。"泰忠撇着苍白的嘴唇说。

"着实不易!"千枝太郎由衷地叹道,"关于此事,我倒有几件颇为在意之事。"

他附在师兄耳边,轻声将古冢和三浦宅发生的事一一道来。泰忠的眼睛越瞪越大。

"嗯,你所言事关重大。三浦一事师父和我们均已知晓,但古冢一事尚未耳闻。甚好,甚好,我一定禀明师父,说不定你能因此将功补过,重返师门。以后你还需对此多加留意,拜托了。"

得到师兄热情的鼓励,本已消沉的千枝太郎又重新抖擞起精神。他信誓旦旦地向泰忠保证一定会打探出究竟来。分别后,他已无心在城内闲晃,匆匆返回家中。

"今天也没什么收获吧?"不知情的叔母笑着说,"不过要记得这迟早会成为你谋生之计,可不能厌倦呀。"

叔母看来心情很好,并没有责怪他一时的懈怠,千枝太郎多少松了口气。他抱着今夜一定要有所斩获的心情,紧张地等待着夜晚的降临。不过因为实在坐立难安,他在日落前就早早出了门,去拜访陶匠老翁。

"爷爷,有件事拜托您。能不能领我去小町泉水那边的森林?就是身体发光的女子出没的那一带,请带我去吧!"

老翁像听到了什么荒唐至极的话似的,一时无语,只是盯着他的脸发呆,最后好不容易才回过神来,摆着手说:"这可不成啊。我都说过多少次了,你难道就不怕古冢作祟吗?"

"不怕,要是能确认那女子的真身,我就能出人头地,爷爷也能得到丰厚的奖赏。如何?即使如此也不行吗?"

"哎呀,出人头地和奖赏也得有命享受才行。况且我也不过是听别人说起,并不知道详情,你再怎么拜托我,我也无能为力呀。我不知道这事能不能出人头地,但是你可千万不要去。那种地方去不得啊。"

无论千枝太郎如何软磨硬泡,老翁都不为所动,千枝太郎只好死心离开。当晚月色微暗,照亮前方的路,不时有冷冽的秋风吹过树叶。千松太郎逆风向着森林急行。他躲在大杉树的阴影中,和昨夜一样等了两个时辰,除了落叶时不时飘落的声音外,连一只野狗也没有经过。

"看来今夜也不行了。"

正当他失望欲归之际,突然远远听得从京城方向传来了牛车车轮的吱嘎声。他静悄悄地躲在树荫中翘首窥探,只见一架大牛车被牛拉着徐徐而来,唯独不见赶车人。淡淡的月光斜斜地照在高高的车顶上,显得有些朦胧,因此从远处看不清低头前行的牛影,也看不见背着月光的那半侧牛车,简直就像是没有牛拉的独轮车自己摇摇晃晃地前进似的,非常怪异。千枝太郎一动不动,侧耳听着那怪车的动静。

牛车由远及近,就在能看到车梁上金属反射的微光时,千枝太郎按捺不住,从树后冲了出去,想借着并不明亮的月光一睹牛车的真面目,没想到那车辕竟神奇地原地打了个转。明明没有赶车人,牛却乖乖地掉头向着来时的方向缓缓离去。千枝太郎大吃一惊,同时心中的疑虑也更深了,没有多想就跟在牛车后面追去。牛走得很慢,他几步就追到牛后,一手抓住右侧的车辕,一手猛地掀开车上的竹帘。淡淡的月光梦幻般倾泻在车厢内,微微照亮了端坐在其中的女子。

看到那张脸的一瞬间，千枝太郎便呆住不动了。车内之人竟是三浦的孙女衣笠。衣笠为何在这个时辰孤身一人来此？千枝太郎不敢相信自己的眼睛，怔怔地望着她。竹帘自动徐徐落下，牛车再度缓缓动了起来。

"切勿眷恋妾身。放弃吧，若不放弃，汝命休矣。"

竹帘之中，传来了少女明朗的声音。

三

这是在进行什么祈祷,还是在施行什么诅咒? 千枝太郎完全无法想象在这夜阑人静时分,不该外出的衣笠没带一个随从打算去哪儿。更不可思议的是,那牛车在他现身的一瞬间便突然转了方向。此外令他备受惊吓的是竹帘内传来的声音。

切勿眷恋妾身——这句含意颇深的话在千枝太郎心中久久回荡。他不知道他对衣笠的感情是不是眷恋,不过在他第一次听到衣笠之名时、在他第一次目睹衣笠之颜时,他的心确实不可思议地被拉向了她。不知不觉中,他的心渐渐远离了妖娆艳丽的玉藻,偏向了端庄秀丽的衣笠。可是这个深藏在心的秘密连他自己都还不甚明了,却被那车中之人一语道破。羞耻和恐惧同时涌上心头,令他顿时失去了追赶牛车的勇气。他呆立如石,目送着牛车的背影渐渐远去。

车中之人真是衣笠吗? 还是说自己看错了,其实那是玉藻? 衣笠的脸和玉藻的脸,衣笠的声音和玉藻的声音,混淆在一起缠夹不清,令陷入混乱的千枝太郎无法分辨。怎么想衣笠都没理由在此时出现在此处,看来还是玉藻。想到这里,他打算再次确认对方的真面目,鼓起勇气想要重新追上去,可他刚迈出一步就被人拽了回来。不知什么人紧紧地抓住了他的衣袖。

"千枝太郎,且慢!"

就算在那种情形下,千枝太郎也顿时认出了师父的声音,他慌忙扭身一看,抓住自己袖子的是师兄泰忠,播磨守泰亲站在一旁。

"千枝太郎,你做得很好!"泰亲低头看着当即匍匐在自己脚下的弟子说,"不必去追了。我已确认了她的真身。我从泰忠那儿听了你说的事之后,决定亲自来一探究竟。幸亏你告知此事,为师甚为感谢。这下总算看清了那妖物的真面目。"

师父的语气中充满了称心快意之感,弟子却还摸不着头脑。千枝太郎提心吊胆地问:"那车中究竟是何人?"

"你不也亲眼见到了吗,自是玉藻无疑。"

"是玉藻吗?"

"不是她是谁? 你若看成了三浦家的小姐可真是谬以千里了。"泰亲意味深长地微笑起来。

千枝太郎又一次被震慑住了。因又被师父洞悉了心中所想,他如顶着千斤巨石般抬不起头来,蜷缩着伏在地上。

"夜深了,"泰亲仰望着昏暗的月影说,"我要赶紧回去。千枝太郎也一起来吧。"

无须再正式宣告什么,这意味着千枝太郎已被原谅,可以重归师门。千枝太郎大喜过望,如获新生,和泰忠一道随着师父回京。一回府,泰亲就又将另两位有能的弟子唤进内室,二人皆是当日在河原祈祷时手捧御币之人。

泰亲对四名弟子说:"千枝太郎所言令我知晓了一切。那个夜夜造访古冢的神秘女子确是玉藻无疑。据我推测,那古冢之主定是以少女阿藻的肉身为壳,意欲为祸世间。我已有对策,天一亮就要提请宇治的左大臣大人助我在古冢旁设降魔坛,再试降魔祈祷之术。所谓欲驱鸟则先焚其巢,此番祈祷攸关生死,汝等断不可麻痹大意。"

泰亲被烛光照亮的脸宝相庄严。他连日来不分昼夜地祈祷,本已憔悴不堪,如今却容光焕发、神采奕奕。深受触动的弟子们退出去后,泰亲房内的灯光一直亮到天明。

就在弟子们犹豫着要不要各自回房时,泰亲在房中突然发话:"拂晓已至,泰忠速去准备一下,尽快前往宇治。"

"遵命。"

泰忠当即跳将起来,跑出府邸。千枝太郎想到以往这样的任务都是派给自己的,不免心生羡慕,一直目送其消失在门外。天空只有东方泛白,大地仍隐于深深的雾影中,泰忠步履矫健,给人勇敢可靠之感,亦令千枝太郎油然生出紧张之感。

那个时代,徒步从京城到宇治往返所需甚久,因此千枝太郎想趁此工夫回一趟山科。

"昨夜我出门后一直未归,叔父叔母一定很担忧。弟子想趁白天回去向他们说明情况……"他向师父请假。

"自是应当,去得到两位老人的允许吧。"

得到了师父的许可后,千枝太郎走出位于土御门的府邸。路上他又没来由地心生困惑。虽说自己也是这般猜测的,更得到了师父的明确答复,但车中之人真是玉藻吗?自己所见的女子分明就更像衣笠呀,她身上也没有发出传闻中的异光。他明白在这种情况下,比起自己的眼睛自然更应该相信师父的眼力,可心中的疑虑却始终不能消散,为了解开心结,他向七条方向走去。

在三浦宅前,他向遇见的家臣打听,得到了和昨天同样的回答——无事发生。

"小姐昨晚也一直待在府中哪儿都没去吗?"他委婉地打探道。

"那是自然,她现在必须闭门不出。更何况夜里本来就不会出去。"家臣回答,觉得他多此一问。

千枝太郎听后方感安心。他不再怀疑了,看来确实是自己将车中的玉藻错看成了衣笠。不过他还是不明白"切勿眷恋妾身"这句话的含义。玉藻确实屡屡接近自己要求单独相会,这能不能算是爱意尚且另说,但扬言若不放弃衣笠的话就取自己性命,这也太可怕了吧。千枝太郎在心中反复琢磨这个问题。

先有三浦宅中现身的神秘美人放话让衣笠早日归乡,后有昨晚的神秘女子让自己放弃与她相恋。结合两者考虑,难道是因为自己的心偏向了衣笠,玉藻出于嫉妒,使出种种手段恐吓自己和衣笠?昨晚她以衣笠的样子在自己眼前现身并模仿衣笠的口吻,大约也是为了吓唬自己吧。

这般看来,玉藻果然是妖魔无疑。千枝太郎不再有丝毫的疑虑,他下定决心要鼓起全部勇气,和师父齐力诛杀妖魔。他剑眉轻抬,仰望高远的晴空,接着便像早晨出门的泰忠一样,健步如飞地往前走去。

叔父已出门做生意了,千枝太郎对叔母简单说明了自己重回师门之事后便折返回京。回到土御门的府邸后,千枝太郎发现泰忠已经回来了。据说他在去宇治的途中遇到了赖长,便搭上他的牛车一同返回。

"已定于明日在古冢旁进行最后的祈祷仪式。届时左大臣大人将令人掘墓,这样也好。无论如何,明日是关键一战,汝等切勿懈怠。"泰亲威严地重申道,"千枝太郎,你此番有功,明日可加入祈祷中来。"

千枝太郎含泪哽咽着叩谢师恩。

当夜,他做了一个怪梦。

他不知自己身在何处,只知道自己与三浦介的孙女并肩站在一片辽阔的草原上。眼所及处,野菊和桔梗正在盛放,秋蝶翩然而舞。两人牵着手,亲密无间地一路行来,草丛中似有陷坑,衣笠骤然消失般坠入其中。取而代之的是出现在眼前的玉藻。

"你绝不能移情三浦之女。你和阿藻有前世之盟。就算你视我为敌,这羁绊也纠缠难解。纵使今日一别,他时亦会相见。你要好好记得此物。"

说着,玉藻用手指向一块卧于草丛深处的巨大怪石,随即便消失了。千枝太郎也从梦中惊醒。天明时分,他突感胸闷气短,只觉得水米难进。但今日事关重大,他还是挣扎着起了身,和其他弟子一起准备祈祷事宜。泰亲尚是禁闭之身,不能公然出现在青天白日下的京城街道上,于是他乘坐赖长派来的牛车,垂下四面竹帘,悄悄离开府邸。弟子们则将面孔深深埋在斗笠之下,跟随在车后。

源氏一族的武士们受赖长之命,已将那座森林重重包围。三浦介义明亦在其中。只见他外穿红梅色的直垂,内套编着藏青丝线的下腹卷①,手持藤弓,弦上搭着雕翎箭。这是三浦一行入京以来的首次任务,因而他和家臣们都意气风发。小源二也威风凛凛地持着一柄大长卷,头上牢牢地系着千枝太郎为他折的新乌帽子。

穿过这密不透风的包围圈,泰亲一行人走入这片即使在白天也稍显昏暗的森林。武士们已经伐倒了碍事的树木,建好降魔坛。阴霾的秋空低低垂落,林中不闻一声鸟鸣。

与河原祈祷时一样,登坛的仍是穿着五色净衣的五个人,泰亲也和上次一样,一身雪白。午时,祈祷仪式在被落叶覆盖的圆形古冢前开始,一刻不歇地持续到夜幕降临,之后人们点燃了篝火。在潜入林间的夜风吹拂下,篝火摇曳生姿,照得五色身影时明时暗、若隐若现,煞是骇人。周围无一丝声息,似乎就连草木也和戒备森严的武士们一

---

① 穿在直垂、狩衣里面的轻甲。

样屏住了呼吸,静待着这场可怕祈祷的结果。深夜亥时刚过,一阵强风呼啸着掠过树梢,迄今为止毫无动静的古冢突然如地震一般抖动了起来。

就在此时,端坐在坛中的泰亲猛然起身,将白色御币高举至额前,对准古冢奋力掷去。只见硕大的古冢开始剧烈摇晃,然后像被切开的石榴一般轰然裂为两半。

杀

生

石

# 一

同夜。

众多女官聚在关白的府邸里,以玉藻前为中心举办歌会。明日即为十三夜,今夜的月亮已如玉盘般璀璨,秋日夜空一目千里、深远辽阔,令这巨大的府邸看起来竟是如此渺小。

今夜的歌题为"月不宿"。这道难题令当代素有盛名的歌人堀川、安芸和小大进等都苦思不得,她们聚精会神地歪着头,露出白皙的脖颈。席间连一声咳嗽也无,隐约从篱笆下穿来蝈蝈的叫声,气息奄奄、如泣如诉。这时,玉藻的一声叹息打破了沉寂。

"此难题真令人百思而不能得。"

"可不是吗,"堀川抬起苦恼的脸应和道,"关白大人真是过分,出这种难题为难我们……"

"话虽如此,也得拿出我等女子的志气来。无论如何都要作出来才是。"安芸也愁眉深锁地说。

这时檐廊边传来笑声。

"哈哈,是在说我过分吗?诸位的歌作能入选《久安百首》,却受挫于我这不值一提的题目,这事传于后世,只怕枉与他人作笑谈。"

女官们都转过头去,望向走进房中的人,众目如星,所有人的视线都聚在此人身上。来人正是主人忠通。一个时辰前,忠通为女官们出了此题后便暂回内厅,觉得时间差不多了才现身。见众人的色纸和诗笺上空无一字,他难掩心中得意,笑了起来。

"玉藻可有所成?"

"妾身也一无所获。"玉藻面露愧色。

"连玉藻前都作不出来,我等又如何做得?"堀川很不耐烦地说道。

"玉藻作不出来,也不能当作你们作不出来的挡箭牌啊,怎会如此没有志气?"忠通再次大笑。

其实他强忍着内心深处的满足与夸耀。这些女子都是玉藻的前辈,也是早就以才情闻名之人。出于对玉藻的嫉妒,她们一直不愿与玉藻来往。但玉藻祈雨以来,特别是这次终于定下采女之事后,她们全都一反常态,争相前来赞美追随。忠通很清楚趋炎附势乃是世间常态,却不愿以卑劣之心来揣度她们,他竭力以善意来解释她们的行为——这些才女们也终于心悦诚服,愿唯玉藻马首是瞻了。出于这层原因,今夜的歌会也是以玉藻的主人身份举办的,这些女官们皆不敢怠慢,纷纷前来捧场。见众人都对年轻的玉藻敬佩有加,忠通感到从未有过的愉悦和满足。今夏以来的郁结一扫而光,他的心情一如今夜万里无云的天空般明朗。

"玉藻,如何?既然大家都这么说了,你就领头在诗笺上动笔吧……写罢由我来为大家诵读,快些落笔吧。"

玉藻仍是一副苦恼的模样,但很快就低声吟出上半句。

落叶埋我栖身池——

刚念到此处,她却乍然吞声屏息。只见她抬起一双吊梢媚眼,猛地起身一路行至檐廊前。这时众人才注意到,原本皎洁的明月已经骤然暗了下来,昏暗的夜空如有万钧,像是要将人间压扁一般低沉欲坠。无论是出了难题而得意的人,还是烦恼着如何解题的人,此时都如梦方醒地眺望着阴沉的天空和昏暗的庭院。秋虫也偃旗息鼓,没了一丝声响。

玉藻不眨眼地盯着越压越低的夜空。忠通也来到檐廊前,一同察看着这不寻常的深夜氛围。

"咦,怎会有夜风欲来之感?今春花之宴的傍晚也曾见过这般怪异的天色。"

忠通的确说中了。一道微弱的闪电划过,将他直衣的长袂照得惨白,一阵狂风猎猎而来,吹得满庭草木皆摇。偌大的府邸如遇地震般摇晃不定,几欲跌倒的忠通一把抓住了玉藻的手。

"不知是否有妖魔作怪。还是别在廊前为好。"

玉藻被忠通强行拉走,跌跌撞撞地回到原来的位置。然而她始终像在害怕着什么似的,匍匐在地,将苍白的脸藏在两袖间。夜风肆虐了一会儿便停了。但暗沉的天空仍是越压越低,令人不免怀疑有什么妖魔鬼怪正气势汹汹地扑向这座府邸。

"侍卫何在？速来护驾！"忠通高声叫道。

值班的武士们纷纷穿过庭院奔至近前。其中有个叫熊武的彪壮武士最近才从筑紫①奉召而来，他腋下夹着一把巨钺，蹲在檐廊前的身影尤为醒目。

"今夜蹊跷，要好生警备，不得懈怠。"忠通说。

女子们都僵硬地蜷缩在一处，无人出声。令人惊惧的闪电再次劈过，照得四下一片雪亮，亮得厅堂内的灯光宛如摆设。这时，一股无法形容的怪味——像是女子的头发被烧焦的味道——不知自何处弥漫开来，飘入沉默不语的众人鼻中。

"啊，快看玉藻前……"院中的熊武挺身叫道。

只见玉藻如饮毒药，体似筛糠。她长发倒竖，如数千条愤怒的毒蛇狂舞。忠通心惊胆战地对她说："玉藻，你不要怕。有我在此，还有那么多强健的武士在此护卫。"

玉藻并未作答——不，恐怕是不能作答。她极度痛苦地翻滚挣扎，如五内俱焚，始终没有再抬起头来。

"玉藻！玉藻！"忠通又叫道。

夜风再度席卷而来，厅堂中的灯火和武士们手中的火把俱灭，而玉藻那因痛苦而挣扎的身体却绽出怪异的光芒，一如当日花之宴上的奇异之景。光芒中，玉藻霍然立起，蓬头乱发中现出一张凄厉狰狞的

---

① 日本九州岛的古称。

脸,忠通被吓得魂飞魄散,不敢抬眼。她柔软的双肩剧烈起伏如波浪,口中喷吐着炽热的白色气息,用阴森可怖的眼神环瞪四周,并趔趄着向檐廊走去。筑紫出身的熊武一眼便知玉藻为妖魔,毫不犹豫地端起巨钺冲杀过来。可就在他单脚踏上檐廊的一刹那,一道强烈得几乎令人失明的闪电劈空而来,他的身体如同被老鹰擒住的温足鸟①,被高高拉向空中。

四周变得天昏地暗,令人怀疑是否世界已回混沌未开之初,大地如遭雷霆劈击,訇然震动不休。忠通匍匐于地,头晕目眩。众女子也气息奄奄,不省人事。正当一干武士掩面瘫软在地之时,熊武的尸骸自黑云上直直摔落在庭院中,尸身自两腿间被撕为两半。

直到小半晌之后,被异相吓得心胆俱裂的众人才渐渐缓过神来,再次点亮松明。惨死的熊武赫然在目,吓得柔弱的女子们再度昏厥过去。忠通也一时哑然无语,而玉藻早不知消失到哪里去了。

“卑职奉宇治左大臣之命前来,有要事相报。”

一匹快马奔至关白府邸,而来人正是赖长家臣藤内兵卫远光。远光为了察看玉藻的情况,从山科直奔此处。他来到忠通面前报告了今日祈祷的结果,饱受惊吓的忠通深深地发出一声叹息。

“哦……古冢裂为两半了吗?那冢底究竟埋有何物?”

“人骨、镜子、剑、勾玉等常见之物倒是都没发现,唯有一只素烧的陶壶。”远光说明道。

---

① 据说在寒冷的冬夜,老鹰会捉住小鸟抓在爪中取暖,天亮后会放走。这一整天老鹰都不会飞往小鸟飞走的方向,以此报温足之恩。

"素烧的陶壶?"

"打碎后,发现里面藏着一束乌黑的长发。"

"女子之发?"

"显而易见。泰亲用火焚烧此发,又再度施行祈祷秘术。"

"啊,原来如此,"忠通恍然大悟地点着头,"看来随着黑发被烧尽,玉藻也形体俱灭了。"

云层渐去,阴霾的夜空中露出了两三颗熠熠生辉的秋日星辰。

# 二

此后玉藻行踪不明，人们猜测那日她将熊武抓上天空之后便飞遁而去。无论如何，妖女已销声匿迹，赖长一派大获全胜、狂欢庆祝。安倍泰亲也因退治妖魔的不世之功，被加封为从三品。

"如此一来，我泰亲也算不辱使命了。"

事后，泰亲照镜时发现自己竟已须发皆白，不由得大吃一惊。但对他而言，这恰恰是名传当世的荣耀和流传后世的名誉。迄今为止一直紧闭的门扉如今洞开，前来祝贺之人络绎不绝。

热闹的府邸中，只有一个年轻人闷闷不乐，此人正是千枝太郎泰清。祈祷那日，他从一早便胸闷难当，强忍着参与了祈祷。结束后，他筋疲力尽、神不守舍。第二天依然感到胸中淤塞难解，以至于水米未进。

"想必是之前过于紧张，如今骤然松弛的缘故，你安心静养些时日。"师兄泰忠亲切地安慰他。

妖魔形消神灭——这自是值得高兴的事,但与此同时,那个叫阿藻的美丽少女也从这世上完全消失了,想到这里,千枝太郎便悲从中来。虽然她的肉身成了妖魔栖身的躯壳,但他还是想让阿藻在这人世间多逗留些时日,哪怕片刻也好。他猛地意识到自己是爱着阿藻的。虽说是为了救世济民,但他还是感到后悔了,后悔轻率地将古冢的秘密透漏给师兄。明知这个想法很蠢,但他果然还是爱着阿藻。甚至,爱着窃取了那具肉身的玉藻。

他心乱如麻,为了摆脱这些烦恼,他决定去拜访三浦家的小姐。祈祷之后第三日午后,千枝太郎悄悄来到位于七条的三浦宅,没想到却从小源二口中得知了宛如晴天霹雳的消息。

"你还不知道吗? 衣笠小姐前天夜里过世了。"

"衣笠小姐去世了……"

千枝太郎惊愕得说不出话来。听小源二说,祈祷那夜亥时,正好就是泰亲烧掉那束黑发的时候,衣笠突然暴毙而亡。当时家中男子皆随主公前往山科乡,虽不知详情,但侍女们都窃窃私语,说那神秘的美人又一次在庭院中现身。

"据我们猜测,定是那玉藻趁主公不在,前来加害小姐。那妖女心怀怨恨,在现出原形逃走前来此咒杀了小姐。这可能性虽大,却想不通她为何如此执着于衣笠小姐,非要害她不可。主公悲痛欲绝,我等在一旁也于心不忍。主公追悔莫及,说早知如此,绝不会特地将最心爱的孙女带来京城。这份悔恨之情也不是不能理解。"小源二说着便哽咽了起来。

新的悲伤涌上心头,将千枝太郎牢牢缚住。别人也许都不明白玉藻为何要夺走衣笠的生命,唯有他心中有数。祸根就来源于玉藻那令人生畏的嫉妒之心。和三浦介后悔带孙女来京的意味不同,他后悔的是自己曾频繁地出入三浦宅。这时,他又猛地想起了祈祷前夜那场怪梦。

"真是可怜,"千枝太郎频频眨眼强忍在眼眶中打转的泪水,"各位的心情我感同身受。请节哀顺变,代我向三浦大人转达哀痛之情。"

和小源二告别后,他心情沉重地回到了位于土御门的府邸。此后随着时间推移,他的身体也渐渐恢复了。看着师父和其他同门开朗的神情,他郁结的心情也渐渐舒缓。

十日后,他得到师父的允许回山科探亲。叔父叔母都为他的成就感到欣喜,但同时也告诉他一件令人意外的不幸。

"你的老相识陶匠老翁突然去世了。"叔父同情地说。

"啊?去世了?"千枝太郎又被震惊了。

"就在你们那个什么祈祷的第二天。他一向起得很早,但那天太阳老高了却还不见他开门,街坊们觉得蹊跷,往门缝里一看,只见他半身爬在纸衾外,双手空抓着什么,就那个模样断气了……唉,明明是这么好的一个人。"

"这么好的一个人……"千枝太郎生硬地重复了一遍,发出深深的叹息。

看到女子夜访古冢的弥五六被咬破喉咙而死,将这件事告知千枝太郎的陶匠老翁与三浦的孙女也在同一晚死去。将这些事实逐一联系起来之后,一股强烈的恐惧向千枝太郎袭来。围绕玉藻这个女子,竟发生了那么多的悲剧和恐怖,这令千枝太郎的心头又一次如负千钧。他去老翁的墓前供上一束草花后离开了。

翌月月初,野州①那须的那须八郎宗重快马加鞭赶赴平安京汇报紧急事态。据他报告,自九月中旬以来,一只白面金毛九尾狐出没于那须的原野,不仅捕食过往商旅,附近住户也皆遭其害,眼看人畜就要被屠戮至尽。宗重火速组织自己的人马多次欲狩猎此狐,奈何那妖兽神通广大,时隐时现、神出鬼没,令他们无计可施,因而只能入京上奏。赖长当即招来泰亲占卜,得知那金毛九尾的妖狐正是玉藻。看来玉藻逃去了关东,藏身于那须野原②。

"仅凭宗重一人之力恐难以御敌。我认为,在我于京中再次进行降魔术的同时,应从源平两族武士中选拔合适人选派往关东,与宗重兵合一处,共诛恶兽。"泰亲提议。

自从玉藻原形毕露之后,忠通在天下人面前颜面扫地,大纳言师道也称病辞去官职。尤其忠通受妖魔所惑、荐其为采女一事更是罪无可逭,他引咎辞去关白一职,隐遁于桂之里的山庄。

因此,当时的朝堂完全由赖长掌控,他采纳了泰亲的意见,在源平两族的武士中挑选合适的出征人选。听得此风声之后,第一个请愿的

---

① 日本古代令制国之一下野国的别名,相当于现栃木县。
② 下野国北部一处辽阔的荒原。

便是三浦介义明。

三浦生于关东,虽已年迈,仍精于弓箭。更何况他最爱的孙女命丧妖魔之手,朝堂上一致认为无论从哪一方面考虑,他都是最合适的人选。赖长本来打算命他一人前往,可朝堂上对源平两家不能厚此薄彼的观点占据了上风,既然三浦出自源氏,出于势力平衡的考虑,还需选出一位旗鼓相当的平家武士,最后从平家选出了上总介广常。广常今年二十九岁,亦是关东人士。

三浦、上总两介准备妥当后立刻奔赴关东。泰亲再一次在自己府中设下了降魔坛。泰忠等弟子也要登坛,千枝太郎自是其中之一,可他却魂不守舍,始终找不回之前一直存在的紧张感,对日复一日的肃穆祈祷倍感厌倦。

一晃十月也已接近尾声。

一连好几日阴寒,平安京中冷得像是凛冬已骤然降临一般。这一日早晨好不容易见到了久违的青空,却忽地风起云涌,接着大颗大颗的霰①噼里啪啦地砸下。千枝太郎遥想着正在那须野原上追猎的三浦和上总,不知这些冰粒是否也打在了他们的手甲上。随之,他又想到玉藻终将被他们射出的箭矢所贯穿的宿命。他心猿意马,不知不觉怠慢了祈祷,而这懈怠立刻就被师父看在眼中。

"千枝太郎,今天是关键之日,你难以担当,退下!"

泰亲厉声呵斥,将他赶下祈祷坛,换上了名叫泰藤的弟子。

---

① 由于大气层温度下降过于迅速,大气层中水分结成的小冰粒。这些小冰粒松散易碎,俗称"雪丸"或"软霄",与硬结晶体冰霄不同。

那一日的未时，泰亲将四个弟子手中青、黄、赤、黑四色御币收来，和自己手中的白色御币扎成一束，走下降魔坛，来到檐廊外。他站在落声阵阵的冰粒中仰望东方的天空，将五色御币高高抛起，其中四色在空中翩然飘舞后落回院中，唯有白色的御币如一只白鸟，高高飞起在空中，惊鸿般飞掠而去。

泰亲跃起，远眺白币飞去的方向。

"此币落下之处，便是妖魔被封印之地。"

刚好就在此时此刻，三浦和上总在霰中射中了被赶出那须野原的金毛狐狸。三浦的黑箭射中了狐狸的脖颈，上总的白箭射中了狐狸的侧腹。这一消息在五日之后被快马送进了都城。

播磨守泰亲又一次大显神威。然而他积劳成疾，此后十日都卧床不起。在此期间的某个傍晚，千枝太郎从病床前溜走，从此不知所踪。泰亲病愈后得知此事，叹息着对其他弟子说："想必他是去了那须野。他脸上的死相终究未消，我一心想救他却无能为力。看来这是他逃不掉的宿命。"

于是，弟子们便也不再去寻找千枝太郎的下落了。

# 三

"听说那只狐狸只有脸似白雪,身体和四肢都披着金光闪闪的毛皮,尾巴更裂为了九根!"

一个四十岁左右的旅人皱着额头,胆战心惊地描述着。在一旁沉默聆听的年轻旅人正是千枝太郎,讲述的旅人则是从陆奥归京的金商。宽阔的利根川①今冬水量骤减,裸露着无边无垠的河滩,石头在晴空下泛着白光。两个旅人并排坐在河滩的石头上,暖洋洋的日光烘烤在他们的背上。

"狩猎那样的狐狸,可不是件容易的事吧……"千枝太郎像是自言自语地说道。

"忙活了七天多都完全不知它藏身何处,直到那天,从一大早开始天就越来越阴,还下起了大霰,"金商继续说道,"午后不知从哪儿飞来一束白色御币,落进芒草丛的深处,刚一落地,就起了一阵大得吓人的

---

① 日本第二长河,横贯关东地区,汇入太平洋,源头是群马县的大水上山。

怪风,吹得人仰马翻,藏在芒草丛中的狐狸也暴露了出来。三浦和上总两位大人立刻穷追不舍,以'追犬'①之技将其射倒。可是那只狐狸的怨念十分恐怖,听说它被射倒的一瞬间就化作了一块巨石。"

"变成了石头?"千枝太郎瞪大了眼睛。

"可不,变成了一块奇形怪状的石头,"商人点点头,"还不止如此呢,人只要靠近那块石头,就会头晕目眩、倒地不起。野兽靠近也会即刻毙命,就连天上飞的鸟儿啊,只要经过石头上空也会坠落而亡。"

"真有此事?"

"你还别不信,我经过那里时详详细细地问过了当地的居民。人们都称那石头为'杀生石',害怕得不得了,谁都不敢靠近。石头旁边,人尸兽骨还有鸟羽堆积如山,简直就像是一座阴森恐怖的墓场。你若是去陆奥,穿过那须野原时可得带着小心,别忘了要远远绕开那块石头。"

"我还是第一次听闻这么可怕的事,"千枝太郎沉思道,"这么说,那块石头上还残留着狐狸的魂魄了?"

"应当是残留着深深的怨念,大家也都这么说。我商旅半生,算得上见多识广,可就连我听了都寒毛倒竖,一眼都不敢往那边看,只顾闷头跑过。你们这些年轻人说不定会觉得那杀生石稀罕而贸然靠近,但人只有一条命,你千万别忘了我的忠告!"

千枝太郎却听不进这好心的提醒,他睁大眼睛远眺河对面的天

---

① 日本中世武士的三种骑射武技之一,骑手分成三组围射奔犬,以射中数分胜负。

空,眼中突然有了神采。正如师父泰亲所看透的那样,他偷偷离开后便千里迢迢赶赴关东。他究竟为何而来呢?他对玉藻是妖女一事早已心知肚明,不存半点疑虑。金毛九尾的妖兽自异国而来,借少女阿藻的肉身打算祸乱天下,却被师父泰亲降伏,终被三浦和上总射倒。这一切他都清清楚楚,却还是放不下对昔日阿藻的爱恋,放不下对今日玉藻的倾心。

妖女也好,恶兽也罢,至少要看一眼她死去的地方。这念头在千枝太郎心头萦绕不去,令他最终浑浑噩噩地跑出了师门。孤寂的旅途延续了数日,他走过茅草繁茂的武藏①乡野,终于来到利根河原,在这里遇见了从陆奥归来的金商,听他谈起那须野的怪谈。但比起惊讶,他更感到了鼓舞。看来玉藻虽形体泯灭,一缕幽魂却还残存于石头之中。如果这是真的,他便不用再漫无目的地游荡在无边无际的那须野原上,一无所知地探寻玉藻葬身之所了。只要能找到那块石头,就能确定她的灵魂所在。千枝太郎觉得自己此行有了意义,心中甚为欣喜。

"承蒙您多番提醒,我定铭记在心。"

千枝太郎就此与回京的商人告别,向着北方急行而去。几日后,他终于踏上野州的土地,向当地人打听后确认,杀生石的传闻并非谣言。于是他特地选了一个深夜偷偷潜入那须野原的深处。

时值十一月中旬,又是深夜,苍茫的那须荒原上覆着一层厚霜,茫

①日本古代令制国之一,相当于现东京、埼玉县大部分地区和神奈川县东北部。

茫似雪。孤冷清澄的冬月高悬于空,枯萎的芒草被白霜掩埋,在月光的照射下如无数折断的刀剑泛着寒光。周围连一声鸟鸣也听不见,亦不见野兽彷徨的暗影。辽阔的平原从野州直抵陆奥,在无垠的夜空之下宛如墓场般无声沉眠。

而事实上,此处也的确是令人胆寒的墓场。正如金商所言,原野深处卧着一块巨大的怪石,周围白骨累累、飞羽堆积。千枝太郎陷于高过笠檐的枯芒中,如泅水般拨开芒草前行。他翻越堆积如山的骸骨,终于站在了巨石前。深夜无风,包围着他的芒草和茅草都纹丝不动,巨石也岿然不动。

千枝太郎借着月光打量这块栖息着玉藻灵魂的石头。他并不打算为玉藻祈求来生,也不打算劝孽畜放下屠刀立地成佛。他不过是爱着那个合阿藻与玉藻为一的妖女罢了。他目不转睛地看着巨石,泪水止不住地流了出来,终于情难自禁地对着石头呼唤起来。

"阿藻啊,玉藻啊,是我千枝太郎呀……"

不知是不是幻觉,那石头似乎回应着他的呼声,缓缓地晃动起来。

于是他继续唤道:"阿藻啊,玉藻啊……千枝太郎来啦……"

石头又摇晃起来。这一次,一位华服美人窈窕而立的身影在石头上浮现了出来。美人丰姿冶丽,如梦似幻,穿着翠柳色的五衣和绯红的打袴,还披着一件唐衣。这正是那熟悉的玉藻。

"千枝太郎大人,感谢你专程前来。如此深情厚谊令我分外欢愉,特以往昔面目相见。"

冷月之下，玉藻周身光辉灿烂，一如往昔。千枝太郎心醉神迷，正欲走近，却见她将祖扇一挥，阻止他继续靠近。

"你既有这份情谊，一直以来又何苦做你师父的帮凶，对我的一番好意以怨报德？你更如此轻易就移情三浦家的小姐，叫我怎能不恨、怎能不怨？事到如今，就算这份爱意再深，你我之间也已有了无法逾越的鸿沟，即使想接近也不能了。"

"这全都是我的过错，请原谅我！"千枝太郎扑倒在结霜的枯草上，泣不成声，"我错在一直对你心有疑虑，生出恐惧之心更是错上加错。妖女也好、鬼女也好、畜生也好，只要念及曾经的情谊就不该怀疑，只要想起心中爱意便不该害怕。而我却怀疑了、恐惧了，不仅在仇恨中度过漫漫岁月，还协助师父诅咒你。与爱人为敌是我千枝太郎一生中犯下的弥天大错！我恳求你的原谅，请你宽恕我！"

千枝太郎如今后悔自己没能一早成为妖魔的伙伴。他终于明白，与妖魔相恋、与妖魔相伴，甚至与妖魔共赴黄泉才是他真心的夙愿。他揪着膝下压折的枯草，追悔莫及、涕泪横流。玉藻先是不动声色地看着他热泪滚滚的模样，片刻后才柔声问道："你果真如此爱我吗？哪怕摒弃这人世也要和我在一起吗？"

"是！只要能和你在一起，魔道也罢，地狱也好，我亦坦然前往。"千枝太郎眼中热情如火，熠熠生辉。

玉藻妩媚一笑。她轻抬祖扇，向跪在自己面前的男子招了招。

几日后,有人发现一个年轻的旅人头枕着杀生石死去了。旅人嘴角含笑,安详地与世长辞。无人敢踏入那令人胆战的墓场收殓他的遗骸,只能对他弃之不顾。不久寒冬从奥州①北部袭来,那须野原也淹没在一片白雪皑皑之下。

转年春来,奇形怪状的杀生石再次从雪底渐渐显露,只是旅人的身影已不知所踪。也许他已和融化的白雪一起消融了。

此后不到十年光景,平安京再度大祸临头,都城被付之一炬。人们命如草芥,被肆意屠杀。史称"保元②、平治③之乱"。然而历来的史家都没发觉在这两次大乱的背后隐藏着妖女的诅咒。

玉藻之敌都下场凄惨。

诛灭玉藻的赖长沦为保元之乱的罪魁祸首,最终被不知何人射出的流矢所杀。

信西入道机关算尽,虽毫发无损地躲过了保元之乱,却在之后的平治之乱中成为众矢之的。他深知自己在劫难逃,活埋自戕,却还是被敌人挖出,那颗苍老的秃头也被悬于刑台示众。

忠通则躲进了法性寺,剃度出家。唯有泰亲平安无事,子孙繁荣。

至于玄翁和尚④一声喝断那须野的杀生石,又是百年之后的事了。

---

①陆奥国的别名。

②1156年平安京爆发的内乱,崇德上皇和后白河天皇因皇位继承而对立,藤原赖长和忠通各保其一。最后以崇德上皇和赖长一方的失败而告终。

③保元之乱后不久,在1159年再度爆发内乱,源义朝禁锢后白河上皇、杀信西以夺权。最后平清盛救出上皇,激战后打败源氏,建立平家政权。

④生卒不详,日本南北朝时代曹洞宗的高僧。